Elisabeth G. Schmidt

Hungern, um zu überleben

Willkür oder Kalkül?

Eine Hartz-IV Überlebende erzählt

Huren küsst man nicht Teil 2

Autobiografischer Roman

Alle Namen von Personen und Orten aus
Datenschutzgründen geändert

Impressum

Herstellung und Verlag:
BoD - Books on Demand, Norderstedt

ISBN 978-3-8482-5244-2

Coverbild gemalt von Friedhild Gerhard,
D-56850 Enkirch/Mosel

2. Auflage Juli 2016

Artikel 1 des Grundgesetzbuches der Bundesrepublik Deutschland:

Schutz der Menschenwürde

Wo bleibt dieser Schutz für Hartz-IV-Bezieher?

Sind sie Menschen ohne Würde?

Werden sie deshalb nicht beschützt?

Vorwort

Dieses Buch habe ich nicht geschrieben, um mich selbst zu bemitleiden oder um bemitleidet zu werden. Ich habe es geschrieben, um die Wahrheit über Hartz-IV aufzuzeigen und das unangemessene und perfide Verhalten einer Mitarbeiterin der ARGE öffentlich zu machen. Ich will und muss auf die Missstände im sogenannten Hartz-IV-Gesetz aufmerksam machen und auf unfähige Mitarbeiter der ARGE hinweisen. Es geht einfach nicht, was sich da vielerorts abspielt. Es schreit zum Himmel, und keiner unserer Politiker sieht sich imstande oder ist gar gewillt, einzugreifen

Außerdem baten mich viele Leser von ‚Huren küsst man nicht' um eine Fortsetzung, da sie mein weiteres Leben brennend interessierte. Durch meine Erzählungen hatten sie großen Anteil an meinem Leben genommen und wollten unbedingt wissen, wie es mit mir weiterging.
In ‚Hungern, um zu überleben' erzähle ich über die Zeit nach meiner Rückkehr aus Amerika, wo ich Hank, meine große Liebe, besucht hatte und berichte außerdem über meinen langsamen, aber unaufhaltsamen Abstieg von der Chefsekretärin eines Flughafens in die Armut, nämlich in Hartz-IV. Es ist die Geschichte meines persönlichen Abstiegs.
Außerdem beschreibe ich, mittlerweile Hartz-IV-Bezieherin, meinen aussichtslosen Kampf gegen die Schikanen einer ARGE Mitarbeiterin. In meiner Geschichte nenne ich sie Frau Armmut. Arm im Geiste aber mutig genug, um auf die, die schon ganz unten sind, noch einmal richtig zuzutreten. Zudem verdeutliche ich die erbärmliche Ohnmacht unserer Politiker, uns, den

Ärmsten der Armen, gerecht zu werden sowie die erbarmungslose Ausbeuterei dieser Ärmsten durch unsere Regierung.

Viele Menschen in Deutschland wissen nicht, wie sie ihre Kinder und sich selbst satt bekommen, denn sie müssen von Hartz-IV leben. Gleichzeitig setzt sich aber die Bundeskanzlerin in ein Flugzeug, das von den Steuergeldern der Bundesbürger bezahlt wird, um nicht nur am 3. Juli 2010 zu einem Privatvergnügen, nämlich zu einem Spiel der deutschen Fußball Nationalmannschaft, nach Südafrika zu jetten. Natürlich wird das Kerosin, welches das Flugzeug benötigt, um die Kanzlerin dort hinzubringen, auch von den Steuern der Bundesbürger bezahlt. Angeblich verbindet sie das Fußballspiel mit einem Staatsbesuch. Angeblich!

Sehr zum Vergnügen der Bundeskanzlerin gewinnt Deutschland im Viertelfinale der Fußballweltmeisterschaft in Südafrika mit 4:0 gegen Argentinien. Jubelnd springt sie auf, wenn Deutschland ein Tor schießt. Sehr zum Missfallen des Regierungschefs, den sie ja angeblich offiziell besucht. Missmutig sitzt er neben unserer Kanzlerin und weiß anscheinend überhaupt nicht, was er dort in dem Fußballstadion soll. Kurz schaut die Kanzlerin etwas irritiert auf ihn herab, nicht verstehend, warum nicht auch er aufspringt und vor Freude die Arme in die Luft wirft, weil unsere deutsche Mannschaft gerade ein Tor geschossen hat.

Man zeigt im Fernsehen, wie die Kanzlerin aufsteht und jubelt. Schön, dass wenigstens unsere Kanzlerin noch Grund zur Freude hat. Vor allen Dingen, wo sie gerade beschlossen hat, denn Deutschland muss ja sparen, dass man nicht etwa die Reichen der Republik antastet, um ihren Teil des Sparens zu leisten, nein, um Gottes Willen, doch nicht die Reichen!

Im Gegenteil, sie nimmt es von den Ärmsten der Armen, sie nimmt es von den Hartz-IV-Empfängern, von den Menschen, die täglich ums Überleben kämpfen. Menschen wie ich. Nun geht es mir noch verhältnismäßig gut, denn ich muss nur für mich sorgen, aber ich denke mit tiefem Entsetzen und Mitleid an all die Familien mit ihren kleinen Kindern, die nun noch weniger zum Überleben haben werden.

Nicht alle Hartz-IV-Bezieher sind faul und arbeitsunwillig. Ich behaupte sogar, der größte Teil ist unschuldig in diese Situation hinein geschlittert und kommt nicht mehr heraus, da unsere Bundeskanzlerin viel zu sehr damit beschäftigt ist, ihrem Privatvergnügen hinterher zu jetten und den Reichen in den Hof zu machen, als dafür zu sorgen, dass die Konjunktur wieder angekurbelt wird und so die Menschen in Deutschland wieder genug Arbeit haben und von ihrem selbstverdienten Geld leben können.

Eine gerechte Umverteilung von Hartz-IV wäre angesagt. Zum Beispiel: Es gibt unzählige junge Menschen, im Alter von ca. 13 bis 18 Jahren, die es als höchstes Ziel wähnen, einmal Hartz-IV beziehen zu dürfen. Für sie ist es ein Traum, nicht arbeiten zu müssen und dafür auch noch Geld vom Staat zu bekommen. Wozu die Schule beenden, wenn man doch Hartz-IV bekommt, ob man nun einen Schulabschluss hat oder nicht?

Dort müsste man ansetzen!

Allen jungen Menschen, die die Schule geschmissen und daher keinen Abschluss haben, müssten die Hartz-IV-Bezüge komplett verweigert werden. Deutschland würde sich wundern, wie viele junge Menschen plötzlich wieder ihre Schule beenden. Und in den Jahren, in denen sie die Schulbank drücken, ihre Einstellung zu

Hartz-IV bestimmt komplett revidieren. Aber wer in unserer Regierung denkt denn schon logisch? Würden sie es tun, wären wir jetzt nicht in dem Dilemma, in dem wir stecken.

Und wie kommt unsere Regierung dazu, uns ältere Menschen, die fast ihr ganzes Leben lang gearbeitet haben und nur durch widrige Umstände arbeitslos wurden, über einen Kamm zu scheren mit den Menschen, die zu faul zum Arbeiten sind? Macht unsere Regierung es deshalb, weil es einfacher ist für sie, alle über einen Kamm zu scheren? Haben sie so doch weniger Arbeit mit uns. Es ist traurig und doch so wahr!

Während ich dieses Buch schreibe, hoffe ich immer noch, dass ich träume. Dass sich all das, was ich jeden Tag erlebe, in Wohlgefallen auflöst. Aber ich wache nicht auf. Entweder träume ich einen nicht enden wollenden bösen Alptraum oder es ist die traurige, unfassbare Wahrheit, die überall in Deutschland tagtäglich passiert. In unserem Deutschland im einundzwanzigsten Jahrhundert!
Es gibt zwar Länder, die nicht so arm sind wie wir und deren Menschen nicht so leiden, wie die Hartz-IV-Empfänger bei uns in Deutschland, die aber durch Korruption und Missmanagement ihrer Regierung tief in der Schuldenfalle sitzen.
Es ist doch selbstverständlich für unsere Regierung, dass sie schnell ein paar Milliarden Euro locker macht, um diesen armen Regierungen zu helfen.

Was für ein Hohn!

Ihr Kinder hier in Deutschland, die ihr sehnsüchtig euren Klassenkameradinnen und Klassenkameraden hinterher schaut, wenn die in den Sportverein, Musikverein oder andere Vereine gehen, und ihr zu Hause bleiben müsst, weil eure Eltern arm sind, ihr tut mir leid. Denn für euch, die ihr doch unsere Zukunft sein sollt, hat unsere Regierung kein Geld übrig, im Gegenteil, sie geben euch immer weniger.

Deutschland tut mir leid, aber wir können es ändern, denn wir sind das Volk, und die nächste Wahl kommt bestimmt.

Hoffentlich ist es bis dahin nicht zu spät.

Kapitel 1

Eigentlich war ich nach Amerika geflogen, um zu prüfen, ob ich in Hanks Nähe sein konnte, ohne ihn zu kontaktieren. Es ergab alles keinen Sinn, denn obwohl er die Liebe meines Lebens war, wollte ich heraus bekommen, ob ich ohne ihn leben konnte. Ich wusste, dass er mich nicht liebte, hoffte aber immer noch, dass er es eines Tages tun würde. Auch mit weit über fünfzig kann man noch so verliebt sein, wie ein junger Teenager. Doch zwei Tage bevor ich abflog, rief er mich zuhause an und ich verplapperte mich und erzählte ihm, dass ich ganz in seiner Nähe für eine Woche ein Hotelzimmer gemietet hatte. Er bestand darauf, mich vom Flughafen in New York, abzuholen und mich in das Hotel zu fahren. Die Hoffnung, dass er mich zu sich nach Hause einladen würde, erfüllte sich nicht.

Die nächsten Tage verbrachte ich damit, mir New York anzusehen und spazieren zu gehen. Ab und zu kam Hank vorbei und begleitete mich. An dem letzten Abend vor meinem geplanten Rückflug nach Deutschland schliefen wir miteinander und dabei fügte er mir große Schmerzen zu, da es so lieblos geschah und mein Körper nicht bereit war. Er bemerkte es aber nicht, und ich sagte ihm nichts davon, denn ich hatte Angst, dass er aufstehen und mich verlassen würde. Was er aber ohnehin tat.

„Ich hole dich morgen gegen Mittag ab und bringe dich zum Airport."

Als er mich in dieser Nacht verließ, brach ich weinend vor dem Fenster, vor das ich mich geschleppt hatte, zusammen und versuchte, ihn bei seiner Abfahrt zu noch einmal zu sehen. Doch es war zu dunkel und ich sah nur die Lichter der Autos auf der Straße unterhalb des Hotels.

Hank hatte mich verabredungsgemäß gegen Mittag von meinem Hotel abgeholt und zum Flughafen in New York gebracht. Die Fahrt dorthin verlief fast schweigend. Keiner von uns beiden wusste, was er sagen sollte. Zudem verspürte ich starke Schmerzen und ich wollte nicht, dass er es merkte.

Wie sollte ich sie ihm erklären? Wenn, dann hätte ich es ihm sagen müssen, während er mir die Schmerzen zufügte und nicht jetzt, einen Tag später. Nur mit größter Mühe hielt ich meine Tränen zurück. Am Flughafen angekommen, holte Hank meinen Koffer aus seinem Auto und stellte ihn neben mich. Dann umarmte er mich kurz zum Abschied und fuhr in seinem Oldtimer, einem dunkelroten Oldsmobil davon. Ich sah ihm nach, bis er nicht mehr zu sehen war und ging mit schleppenden Schritten ins Terminal, um meine Heimreise anzutreten.

Gott sei Dank hatte ich im Flugzeug einen Fensterplatz und konnte so wenigstens ab und zu meine Gedanken durch den wundervollen Blick nach unten etwas von meinen Schmerzen ablenken. Was ich aber nicht verhindern konnte war, dass mir die Tränen die Wangen hinunterliefen. Was ich auch nicht verhindern konnte war, dass sich mein Körper unruhig auf dem Sitz hin und her bewegte. Die Schmerzen, die ich beim Sitzen empfand waren groß, und der Flug schien kein Ende zu nehmen. Die sieben Stunden kamen mir vor wie eine Ewigkeit. Mein Sitznachbar war ein jüngerer Mann, der fast den ganzen Flug nach Deutschland verschlief und so nichts von meinem körperlichen und seelischen Schmerz mitbekam. Nur die Stewardessen schauten mich ab und zu fragend an, sagten aber nichts. Vielleicht dachten sie ja, dass ich an einem Trennungsschmerz litt, was selbstverständlich auch der Fall war.

Immer wieder musste ich an die Minuten in der Nacht zuvor denken, als Hank mir diese Schmerzen zufügte. Wenn ich meine Augen schloss war es, als ob ich ihn noch spüren konnte. Und immer wieder die Szene, als er sich in diesem Hotelzimmer von mir verabschiedete und ich ihn bat, ihn noch kurz umarmen zu dürfen.
„Oh ihr Frauen,"
hatte er genervt geantwortet.
„Ihr Frauen"
hatte er gesagt und mich gleichgestellt mit Millionen anderer Frauen in einem Moment, in dem er und ich uns noch vor Minuten geliebt hatten. Leidenschaftlich war er gewesen und schmerzlich, sehr schmerzlich hatte es sich für mich angefühlt, da ich körperlich noch nicht bereit gewesen war. Wieder hatte er sich nicht überwinden können, mich dabei zu küssen. Ich musste in diesem Augenblick erkennen, dass das Zusammensein mit mir ihm nichts, aber auch überhaupt nichts bedeutet hatte außer seine Lust zu befriedigen. Die tiefe Liebe, die ich für ihn empfand erwiderte er nicht und so wollte er, nachdem er seine Befriedigung erlangt hatte, so

schnell wie möglich nach Hause, fort von mir.

Er konnte oder wollte nicht verstehen, dass ich noch ein wenig seine Nähe spüren, noch ein wenig länger in seinen Armen liegen wollte, da ich ahnte, dass es vielleicht das letzte Mal sein würde, dass ich die Gelegenheit dazu hatte.

So ließ er mich in diesem Hotelzimmer zurück und fuhr nach Hause, wo auch er die restliche Nacht alleine verbrachte.

Hank bekam so natürlich auch nicht mit, wie ich vor dem Fenster zusammenbrach und glaubte die unbarmherzig grausame und harte Stimme meines Ex-Mannes zu hören, der mir höhnisch zurief:

„Huren küsst man nicht."

Nun war ich wieder zurück in Deutschland. In New York war es schon richtig heiß gewesen und die Sonne schien den ganzen Tag von einem wolkenlosen Himmel, aber Frankfurt begrüßte mich mit einem grauen Schmuddel Wetter.

‚Genau wie ich mich fühle,'

dachte ich traurig. Ich schwankte ein wenig und stellte erschrocken fest, dass ich mich sehr schlecht fühlte und schnellstmöglich einen Stuhl benötigte, auf den ich mich setzen konnte. Vorsichtig, ganz vorsichtig, denn ich hatte immer noch große Schmerzen. Außerdem war ich in einem Schock Zustand, der nicht enden wollte.

‚Nur heim, schnell heim'

dachte ich. Aber ich musste noch über eine Stunde warten, bis endlich der Bus kam, der mich nach Hause bringen würde. Nicht ganz bis nach Hause, aber bis auf den Flughafen Hinkel, und das bedeutete schon, zu Hause zu sein. Dort würde ich meinen Nachbarn anrufen, der mich vereinbarungsgemäß abholen sollte, und dann wollte ich nur noch schlafen. Schlafen und alles vergessen.

Die Sitze im Bus waren zwar gut gefedert, aber trotzdem wimmerte ich bei jeder harten Bewegung leise auf. Gut, dass die anderen Insassen des Busses sich laut unterhielten und sie es daher nicht mitbekamen. Auf dem Flughafen Hinkel angekommen, bat ich einen der jungen Mitfahrer, mir meinen Koffer aus dem Bus zu holen. Mürrisch erfüllte er meinen Wunsch, ging aber derart ruppig mit dem Koffer um, dass er plötzlich nicht mehr meinen Koffer in der Hand hielt, sondern nur noch den Griff des Koffers. Erschrocken sah er mich an, aber ich war viel zu müde und viel zu fertig, als dass dieses Geschehnis mich noch aufregen konnte.

Ich dankte ihm trotzdem mit einem Lächeln und stand nun da, mit einem schweren Koffer, der keinen Griff mehr besaß. Also schob ich ihn über den Asphalt bis zur Telefonzelle, um meinen Nachbarn anzurufen. Er kam schon nach kaum zehn Minuten. Verwundert schaute er auf meinen lädierten Koffer, aber ich war viel zu sehr mit mir selbst beschäftigt, um ihm die Situation zu erklären.

„Fahr mich bitte schnell nach Hause, ich bin so müde".

Und das tat er. Vor meiner Wohnung angekommen, holte er den Koffer und trug ihn für mich hinein. Dann war ich endlich allein und konnte meinen Tränen freien Lauf lassen. Ich brach zusammen und lag stundenlang weinend auf dem Teppichboden meines Wohnzimmers, bevor ich mich langsam ein wenig beruhigte.

Wie in Trance griff ich nach dem Telefon, wählte die Nummer meiner Tante Annemarie, um ihr mitzuteilen, dass ich wieder da wäre. Tante Annemarie freute sich, meine Stimme zu hören.

„Und, wie war es? Hat es dir gefallen? Hattest du eine schöne Zeit mit Hank?"

„Ja, Tante Annemarie. Es war sehr schön, aber jetzt bin ich so etwas von müde und werde mich ein wenig hinlegen."

„Mach das, und komm morgen vorbei, dann trinken wir eine Tasse Kaffee zusammen und du erzählst mir alles, ja?"

„Ja, Tante Annemarie, das werde ich machen, tschüss."

Anschließend ging ich unter die Dusche. Das Wasser schien auf meiner Haut zu brennen, obwohl ich es nur lauwarm eingestellt hatte.

‚Den Koffer räume ich morgen aus',

dachte ich müde und ließ die Rollladen vor dem Fenster meines Schlafzimmers hinunter. Schon nach kurzer Zeit fiel ich in einen unruhigen Schlaf.

Als ich am nächsten Morgen erwachte, befand ich mich wieder in dem Hotelzimmer, wo Hank mir gerade die größten Schmerzen und die schlimmste Demütigung zugefügt hatte. Ich glaubte zu träumen, und es dauerte eine Ewigkeit, bis ich begriff, dass ich nicht in einem Hotelzimmer in New York war, sondern in meinem Schlafzimmer daheim und dass ich mich in meinem eigenen Bett befand. Erschrocken lag ich ganz still und begriff erst langsam, was gerade geschehen war. Was ich in diesem Moment noch nicht wusste war, dass es genau 18 Monate dauern würde, bis ich endlich in der Lage war, mich davon zu befreien. Achtzehn lange Monate wachte ich jeden Morgen mit dem Gefühl auf, mich in diesem Hotelzimmer in New York zu befinden und alles wieder zu erleben. Achtzehn Monate konnte ich mit niemanden darüber reden, noch nicht einmal mit Hannah, meiner besten Freundin. Und erst recht nicht mit Hank, der während dieser Zeit sporadisch anrief, um sich nach meinem Befinden zu erkundigen.

„Wie geht es dir, Lisa?"

„Danke, Hank, es geht mir gut"
war meine stets gleichlautende Antwort. Aber er sprach nicht mehr vom Kommen. Anscheinend hatte er kein Verlangen mehr danach, mich zu besuchen, mich zu sehen.

Dann, ohne genau zu wissen warum, setzte ich mich eines Abends, genau achtzehn Monate nach dem Ereignis in New York, an meinen Computer und schrieb eine lange E-Mail an Hank und erzählte ihm, wie sehr er mich damals verletzt, gedemütigt und erniedrigt hatte.

Am nächsten Morgen wachte ich auf und der Bann war gebrochen. Endlich war das tägliche Déjà-vu-Erlebnis überstanden, und ich fühlte mich wie befreit. Hank rief schon am Abend desselben Tages an, und jetzt war er es, der total erschrocken war und nun selbst unter Schock stand.

„Lisa, ich würde dir doch niemals wissentlich weh tun. Warum hast du nichts in dem Moment gesagt? Warum hast du so lange damit gewartet? Niemals würde ich dir weh tun, dafür bedeutest du mir zu viel. Das weißt du doch, oder?"

Seine Stimme überschlug sich fast vor Aufregung.

„Ich konnte nichts sagen, Hank, ich konnte nicht. Ich weiß nicht, warum ich nichts sagen konnte, Hank. 18 Monate bin ich jeden Morgen aufgewacht und befand mich in dem Hotelzimmer in New York und erlebte alles wieder neu. Achtzehn lange Monate, Hank, und ich konnte mit keinem Menschen darüber reden. Ich war unter Schock, die ganze Zeit, Hank."

Ich fing an zu weinen, endlich ein befreiendes Weinen.

„Ich komme, Lisa. Ich werde versuchen, in den nächsten Tagen zu dir zu kommen, und dann sprechen wir über alles. Gibst du mir diese Chance, Lisa, bitte?"

Natürlich gab ich Hank die Chance, mit ihm über alles zu reden. Dafür liebte ich ihn einfach immer noch viel zu

sehr, und ich spürte, wie erschrocken er über das Geschehene war. Er selbst hatte nicht bemerkt, dass er mich in diesem Hotelzimmer so verletzt hatte. Endlich konnte ich wieder lächeln. Hank würde kommen und alles würde gut werden.
Jetzt hatte ich etwas, auf das ich mich freuen konnte.

Als Hank ein paar Tage später kam, sprachen wir lange über das, was in diesem Hotelzimmer in New York passiert war. Hank, der die ganzen letzten achtzehn Monate in dem Glauben war, dass die Geschehnisse in jener Nacht für mich etwas wunderschönes gewesen wären, musste nun erkennen, wie verletzt und gedemütigt ich mich gefühlt hatte.
Es war ihm überhaupt nicht in den Sinn gekommen, dass er mich verletzt sogar gedemütigt hatte und es traf ihn tief.
„Warum hast du mir nichts gesagt, Lisa? Warum?"
Immer und immer wieder stellte er diese Frage.
„Du weißt doch, ich würde dir niemals wissentlich weh tun, oder glaubst du das etwa?"
Nein, natürlich glaubte ich es nicht. Ich wollte es einfach nicht glauben und so machte ich es mir leicht, ihm zu verzeihen.

In dieser Nacht war er sorgsam darauf bedacht, mir nicht weh zu tun. Im Gegenteil, Hank war der zärtlichste Liebhaber, den eine Frau sich nur wünschen kann. Er küsste sogar meine Lippen. Zwar nur ganz kurz und ganz zart, aber er hatte mich endlich einmal geküsst. Alle erlittenen Schmerzen und Demütigungen waren vergessen.
Ich war glücklich.

Kapitel 2

Nachdem mir meine kleine Schwester, die ich selbst als Hilfskraft eingestellt und angelernt hatte, mir meine Anstellung als Chefsekretärin eines Flughafens streitig gemacht hatte, wurde ich einer der Abteilungen des Flughafens als Sekretärin zugeteilt. Gerne hätte mich der damalige Geschäftsführer entlassen, da er bemerkt hatte, dass ich sein Unvermögen erkannt hatte. Doch da er mir nichts nachsagen konnte und keinen Grund für eine Entlassung meinerseits fand, musste er mich wohl oder übel weiter beschäftigen. Vor allen Dingen konnte er auch nicht auf meine Mitarbeit in seiner Firma verzichten, da seine neue Chefsekretärin zwar wesentlich jünger und hübscher war als ich, aber leider über keine Qualifikation verfügte, um eine derartige Stellung fachgerecht ausüben zu können.

So kam es, dass man mir Geld von meinem Gehalt abzog, da selbstverständlich eine Sekretärin eines Abteilungsleiters kein Anrecht auf das Gehalt einer Chefsekretärin hatte. Dieses Gehalt bekam von nun an meine jüngere Schwester. Da aber meine kleine Schwester nicht in der Lage war, die Position einer Chefsekretärin auszuüben, musste ich im Hintergrund alle wichtigen Dinge erledigen. Da sie außerdem nur über mangelhafte bis hin zu ungenügenden Englischkenntnissen verfügte, bürdete man mir auch diesbezügliche Schriftverkehre auf, da sie nicht in der Lage war, diese Tätigkeiten zu verrichten.

Aber das war dem damaligen Geschäftsführer auch nicht wichtig, wusste er doch mich im Hintergrund. Wichtig für ihn war nur, dass eine jüngere und besser aussehende Sekretärin in seinem Vorzimmer residierte. Dass sie noch nicht einmal in der Lage war eine Ablage für die Korrespondenz zu erstellen, spielte absolut keine Rolle. Doch sie blieb nicht lange, denn sie fühlte sich zu Höherem berufen und auch da scheute der damalige Geschäftsführer keine Mühen und Kosten, um ihr auch diesen Aufstieg zu ermöglichen.

Erst Jahre und viele Sekretärinnen später musste ein neuer Geschäftsführer erkennen, wie erbärmlich das Vorzimmer bisher von den einzelnen Chefsekretärinnen vernachlässigt worden war. Wieder war ich es, die endlich Ordnung in das gesamte Chaos bringen musste. Natürlich ohne dafür bezahlt zu werden. Das Geld für meine Arbeit erhielten andere Sekretärinnen, nämlich diejenigen, die nicht in der Lage waren, diese Arbeit auszuüben.

Der Abteilungsleiter, dem ich zugeteilt worden war, war nur etwas älter als ich und ein sehr erfahrener Mann. Er behandelte mich überaus zuvorkommend.

„Ich habe die beste Sekretärin des Unternehmens und endlich jemand, der auch mitdenkt",

pflegte er immer zu sagen. Natürlich war ich froh, dass er mich lobte und meine Arbeit schätzte, aber der Stachel über die Art, wie man mir meine Stellung als Chefsekretärin genommen hatte und wie man mich immer wieder demütigte, saß tief und wurmte täglich. Langsam machten mich diese Umstände krank. So krank, dass hauptsächlich meine Handinnen- sowie die Handaußenflächen an beiden Händen von einer stark juckenden und schmerzenden Neurodermitis befallen wurden. Aber auch die Achselhöhlen und andere Körperpartien waren betroffen.

Nach einigen Jahren, in denen der Flughafen immer weiter ausgebaut wurde, war ich immer noch die Sekretärin eines Abteilungsleiters. Endlich bekamen wir einen neuen Leiter des Unternehmens, da man das Unvermögen des ersten Geschäftsführers endlich auch an höherer Stelle erkannt hatte. Er wurde über Nacht gefeuert. Dass ich eventuell daran beteiligt gewesen war, dass dieser Herr Nietinger seines Amtes enthoben wurde, erzählte ich natürlich keinem.

Herr Nietinger, der erste Geschäftsführer des Flughafens auf dem ich arbeitete, hatte ein sehr großes Fachwissen. Leider war dieser Mann aber absolut nicht in der Lage, dieses Wissen einzubringen. Eher beschränkte er seine Tätigkeit darin, sich stunden- oder gar tagelang auf ein eher unwichtiges Presseinterview vorzubereiten oder aber tagelang an einem Brief zu feilen, um einem unliebsamen Beamten im Ministerium die Meinung zu sagen. Auf höfliche Art natürlich, gespickt mit kleinen Gemeinheiten. Die tägliche Eingangspost blieb oft über Wochen auf seinem Schreibtisch liegen und wichtige Termine konnten nicht eingehalten werden. Ebenso war es mit dringenden Briefen, die er einfach auf seinem Schreibtisch liegen ließ, ohne sie zu unterschreiben. Eines Tages, alle Abteilungsleiter hatten mal wieder bei meinem Vorgesetzten über die missliche Lage diskutiert, wurde mir klar: Es musste etwas passieren. So konnte es nicht weitergehen oder der Flughafen würde untergehen. Aber was tun?

Keiner der Abteilungsleiter hatte den Mut, sich an den Aufsichtsrat zu wenden. Aber die Zeit drängte, es musste Abhilfe geschafft werden.

Am selben Abend gingen mir die Gedanken um den Flughafen nicht aus dem Kopf. Ich hatte erkannt, wie kritisch die Lage war. Hatte aber auch erkannt, dass keiner der höheren Angestellten den Mut hatte, etwas dagegen zu unternehmen. Also musste ich es tun. Es war nicht nur fünf vor zwölf nein, der Zeiger der Uhr berührte schon fast die 12.

Viele Jahre hatte ich auf diesem Flughafen gearbeitet, bevor er zu einem Zivilflughafen konvertiert werden sollte. Damals war es ein amerikanischer Militärflugplatz gewesen. Jeder der dort arbeitete liebte diesen Flugplatz, denn die Gemeinschaft zwischen den deutschen und den amerikanischen Arbeitnehmern war wie eine große Familie. Zudem schätzten die Amerikaner die deutsche Gründlichkeit und gaben auch Frauen die Chance, in ihrem Beruf aufzusteigen. Nachdem ich viele Jahre glücklich und zufrieden dort gearbeitet hatte, war ich zur Leiterin der Flugbetriebsdatenkontrolle aufgestiegen und hatte 16 Untergebene, die mit Eifer und Freude für mich arbeiteten. Die Verantwortung, die aufgrund dieser Tätigkeit auf mir lastete, empfand ich nicht als Bürde, sondern als Herausforderung, die ich gerne annahm.

In dieser Teamgemeinschaft gelang es uns sogar, von der höchsten Inspektoren Gruppe der amerikanischen Luftwaffe als Beste ausgezeichnet zu werden. Was wiederum zur Folge hatte, dass man mich noch im selben Jahr als Frau des Jahres wählte.

Und dann geschah das Unfassbare: Der Flugplatz Hinkel wurde geschlossen und die Amerikaner zogen ab. Natürlich verloren alle deutschen Arbeitnehmer ihren Job und ich war froh, dass ich aufgrund meiner flugbetrieblichen Kenntnisse, als Chefsekretärin des neu zu konvertierenden Zivilflughafens eingestellt wurde. Und da begannen die Probleme für mich. Schon bald musste ich erkennen, dass Herr Nietinger, der neue Geschäftsführer, nicht in der Lage war, seine ihm zugeteilte Arbeit ordnungsgemäß zu erledigen. Aber ich schwieg. Ich schwieg auch, als er meiner jüngeren Schwester meinen Job als Chefsekretärin gab. Aber ich konnte nicht mehr schweigen, als ich erkannte, dass die Konversion des

Flughafens am Scheitern war. Die Geschäftsführung des Flughafens bestand mittlerweile aus zwei Geschäftsführern und alle Dokumente mussten von beiden unterschrieben werden. Herr Kranz, der andere Geschäftsführer, unterschrieb auch jedes Mal sofort, nur Herr Nietinger ließ alles liegen und so rief ich eines Abends mit schlotternden Knien und am ganzen Körper zitternd eine Person an, die in der Lage war, diese Situation zu bereinigen.

Ich berichtete dieser Person von den katastrophalen Zuständen, die im Büro des Geschäftsführers herrschten und dass, wenn nicht sofort etwas passieren würde, der Flughafen verloren wäre. Ich erzählte ihm noch von weiteren Missständen, die ich hier aber nicht aufführen will, da sie zu viele Firmeninterna beinhalten.
Übermut und Wichtigtuerei oder gar Rache waren überhaupt nicht der Grund, warum ich diesen Schritt unternahm, und ich tat es ganz bestimmt nicht leichten Herzens, sondern um den mittlerweile fast 100 Angestellten des Flughafens ihre Arbeit zu sichern und zu erhalten.
Ich glaube, von den Menschen, die inzwischen wieder auf ihm Arbeit und Lohn gefunden hatten, war ich diejenige, der das Schicksal des Flughafens am meisten am Herzen lag und die sich mit ihm auch am meisten verbunden fühlte.
Ich möchte mich hier nicht als die Superfrau hinstellen. Auch ich bin ein Mensch mit Schwächen und Fehlern. Nur in dieser Zeit sprachen die Vorkommnisse einfach für sich und es musste etwas passieren. Und ich schien als Einzige den Mut zu haben, diese unerträglichen und unfassbaren Zustände, die unweigerlich zum Ende der Konversion des Flughafens Hinkel geführt hätten, zu beenden.

Ein paar Tage später betrat mein Abteilungsleiter das Büro und sah mich mit einem undefinierbaren Lächeln an.

„Frau Schmidt, Sie werden bald sehr glücklich sein. Sehr glücklich, Frau Schmidt."

Ich fragte ihn, wieso er das zu mir sagte, aber er verschwand immer noch lächelnd in seinem Büro. Ein Mitarbeiter unserer Abteilung, der seine Worte gehört hatte kam nun in mein Büro.

„Was ist los, Frau Schmidt? Was ist geschehen?"

Ich zuckte mit den Schultern.

„Wenn ich das wüsste."

Nach einigen Telefonaten meines Chefs hörte ich ihn rufen:

„Frau Schmidt, bitte kommen Sie doch einmal in mein Büro."

Schnell ging ich zu ihm. Er war ein wunderbarer Chef, aber er hasste es, wenn man ihn warten ließ.

„Gehen Sie doch bitte nach oben und lassen Sie sich von der Chefsekretärin alle Unterschriftsmappen von unserer Abteilung geben. Sie soll Ihnen alle nicht unterschriebenen Briefe aushändigen. Machen Sie das bitte, Frau Schmidt?"

„Ja, gerne. Ich bin schon auf dem Weg."

Der Kollege und ich sahen uns erneut fragend an, aber keiner von uns Beiden wusste, was los war. Also stieg ich die gefühlten 20 Treppenstufen zur Geschäftsleitung empor und holte mir alle Unterschriftenmappen ab, die die Chefsekretärin mir bereitwillig aushändigte.

„Was ist hier los?

wollte ich von ihr wissen. Aber sie zuckte nur mit den Schultern. Als ich die Mappen auf den Schreibtisch meines Abteilungsleiters legen wollte, gab er sie mir sofort zurück.

„Drucken Sie bitte alle Dokumente neu aus und lassen Sie bitte den Unterschriftenblock von Herrn Nietinger weg. Geben Sie alle Dokumente nur mit dem Unterschriftenblock des zweiten Geschäftsführers wieder nach oben und warten Sie, bis er alles unterschrieben hat."

Ich tat, was er mir gerade angeordnet hatte und ging mit etwas gemischten Gefühlen wieder nach oben in die Chefetage. Die Sekretärin ließ mich ohne Widerworte in das Büro des zweiten Geschäftsführers, der sofort damit begann, alle notwendigen Unterschriften zu leisten. Als er damit fertig war, schaute er mich ernst an und meinte:

„Von nun an Frau Schmidt wird Herr Nietinger hier nichts mehr unterschreiben. Nur noch ich."

Irritiert sah ich ihn an, aber ich sagte nichts.

‚Sollte es wirklich wahr sein und dieser unmögliche und untragbare Herr Nietinger nicht mehr da sein? Nichts mehr in unserer Firma zu sagen haben?'

Diese Gedanken begleiteten mich auf dem Weg zurück in mein Büro.

„Herr Kranz hat gesagt, dass Herr Nietinger hier nie mehr etwas unterschreiben wird und hier nichts mehr zu sagen hat. Was ist hier los? Ist Herr Nietinger nicht mehr unser Geschäftsführer?"

Die Worte sprudelten nur so aus mir heraus und ich sah fragend auf meinen Abteilungsleiter, der ganz entspannt auf seinem Stuhl hinter seinem Schreibtisch saß und mich anlächelte.

„Hat er das gesagt, Frau Schmidt? Hat er das wirklich gesagt? Durfte er das zu Ihnen sagen?"

Sein verschmitztes Lächeln sagte mehr als tausend Worte. Zurück in meinem Büro drehten sich die Gedanken in meinem Kopf.

‚Sollten wir dieses Übel von einem Geschäftsführer wirklich los sein?'

Immer wieder musste ich an die Worte des zweiten Geschäftsführers denken. Wenn es wirklich stimmte, dann hatte der Flughafen die besten Chancen, es doch noch zu schaffen

Tatsächlich musste Herr Nietinger kurz darauf gehen. Ob mein verzweifelter Anruf an diesem Abend letztendlich der ausschlaggebende Grund für seine Entlassung war, kann ich natürlich nicht beurteilen. Nun setzte ich all meine Hoffnungen auf den neu bestellten Geschäftsführer.

Später einmal, als Kollegen aus unserer Abteilung und ich uns über diese Vorgänge unterhielten, wagte ich diesen Satz:

„Ohne mich wäre der Flughafen Hinkel nicht das, was er jetzt ist."

Die Kollegen sahen mich erstaunt an, aber mehr sagte ich nicht und beließ es dabei.

Natürlich machte der Rauswurf von Herrn Nietinger schnell die Runde in der Firma. Da die meisten Kollegen wussten, was er mir angetan hatte, freuten sie sich, dass er gehen musste.

„Du musst dich jetzt doch richtig gut fühlen",

oder

„freust du dich, dass er jetzt weg ist?"

oder

„Gott sei Dank, endlich sind wir ihn los, du musst jetzt doch richtig glücklich sein darüber."

Nein, ich war darüber nicht glücklich, ich fühlte überhaupt nichts sondern freute mich nur, dass der Flughafen gerettet war. Ich fühlte keine Rache und keine Genugtuung, so, wie ich es mir in meinen Träumen ausgemalt hatte. Er tat mir noch nicht einmal leid.

Nach einigen Monaten wurde Herr Nietinger neuer Geschäftsführer einer Firma, die auf dem Flughafengelände angesiedelt war. In dieser Funktion musste er des Öfteren zu uns in die Abteilung kommen. Als er das erste Mal nach seinem Rausschmiss in mein Büro trat, traute ich meinen Augen nicht. Dieser Mann, der mir sogar den großen Schreibtisch nicht gönnte, den mein Abteilungsleiter für mich bestellt hatte, kam mit einem strahlenden Lächeln auf mich zu und wollte mir doch tatsächlich die Hand geben. So, als ob nie etwas gewesen wäre.

Nein, das ging nicht! Statt seiner Hand ergriff ich das Telefon und meldete ihn förmlich bei meinem Chef an. Seine ausgestreckte Hand ignorierte ich. Auch seine Frage:

„Wie geht es Ihnen, Frau Schmidt?"

ignorierte ich und geleitete ihn wortlos in das Büro meines Chefs.

Jedoch schon nach einigen Monaten hatte man in der neuen Firma unseres ehemaligen Geschäftsführers erkannt, dass er absolut unfähig war, auch diese Position auszuüben, und sie hatten ihn entlassen. Was dann aus dem Mann geworden ist, weiß ich bis heute nicht. Um ganz ehrlich zu sein, interessiert es mich auch nicht wirklich.

Mittlerweile hatten wir einen neuen Geschäftsführer bekommen. Dieser neue Geschäftsführer hatte nun in kürzester Zeit erkannt, über welche Qualitäten ich verfügte und brachte mir von da an jeden Morgen die Schreibarbeiten, die er entweder auf dem Weg zur Arbeit oder abends zuhause auf sein Diktiergerät gesprochen hatte. Aber das war noch nicht alles. Schon nach ein paar Wochen musste er zudem erkennen, dass sein Sekretariat noch nicht einmal über eine Ablage verfügte, da keine der Vorzimmerdamen bisher in der Lage gewesen war, diese einzurichten. Natürlich wurde ich hinzugezogen und musste nun eine Ablage erstellen für Dokumente, die in all den Jahren, in denen die Firma nun existierte, nie abgeheftet worden waren. Jeden Morgen lagen neue Stapel auf meinem Schreibtisch, die abgeheftet werden mussten und für die erst einmal eine Ablage erstellt werden musste.

Ich benötigte über ein halbes Jahr um endlich Ordnung in das Vorzimmer des Geschäftsführers zu bekommen. Die Stellung erhielt ich trotzdem nicht zurück, denn die Vorzimmerdame, die jetzt dort residierte war angeblich eine Verwandte oder Bekannte eines einflussreichen Politikers, den man nicht verärgern durfte. Eine Verwandte des Politikers, der mich vor einigen Jahren vor versammelter Presse und Kameras barsch aufgefordert hatte sich vor ihm zu bücken, damit er eine Unterschrift auf meinem Rücken leisten konnte. Und ich hatte mich tatsächlich vor ihm gebückt, was mich heute noch belastet.

„Der Ausbau der Straße zum Flughafen ist zu wichtig", war die Begründung von einem der Geschäftsführer.

Und so behielt diese unfähige Sekretärin ihren Job, und ich war weiterhin gezwungen für weniger Geld ihre Arbeit auszuüben.

Ist es da verwunderlich, dass meine Neurodermitis sich noch mehr verschlimmerte und nun noch schlimme Rückenschmerzen dazukamen?

In der Zwischenzeit hatte ich einen zusätzlichen Abteilungsleiter bekommen. Die Rivalität zwischen dem alten und dem neuen Chef war nicht zu übersehen und ich saß genau zwischen ihnen. Mir war bewusst, dass man meinen bisherigen Chef ausbooten wollte. Er hatte fast das Rentenalter erreicht und man wollte ihn zwingen, frühzeitig in Rente zu gehen. Aber er sah das nicht ein und blieb beharrlich auf seiner Position und in seinem Büro sitzen. Ich konnte nicht verstehen, warum man einen erfahrenen Mann so einfach abservieren wollte.

Nun war es nicht nur ich selbst, die die täglichen Demütigungen erleiden musste, nun war es auch mein sehr geschätzter Abteilungsleiter, der in die Maschinerie hinein gezerrt und zerfetzt werden sollte. Aber er blieb standhaft, auch wenn man ihm immer mehr seine Kompetenzen und Aufgaben entzog. Es gab Tage, an denen er nur an seinem Schreibtisch saß und entweder gelangweilt aus dem Fenster schaute oder die Wände anstarrte.

Hörte er aber, dass sein Rivale mich mit Arbeit überhäufte, zog er aus geheimen Schubladen seines Schreibtisches Unmengen von handgeschriebenen Aufzeichnungen hervor und bestimmte, dass ich seine Arbeiten als erstes erledigen musste. Erst dann durfte ich mich den Arbeiten des Anderen zuwenden. Dass das, was ich für ihn tippen musste, völlig belanglos und unwichtig war, spielte in dem Moment keine Rolle. Noch war er der Abteilungsleiter und bestimmte über mich.

Nun litt ich nicht nur unter den Demütigungen meiner kleinen Schwester und dem Unvermögen einer sogenannten Chefsekretärin, nein, nun war auch noch ein Machtkampf in meiner unmittelbaren Umgebung aufgeflammt, in den man mich mit hineinzog. Es kam was kommen musste, ich wurde wieder krank. Dieses Mal kamen zu meiner Neurodermitis, hauptsächlich an den Handinnen- und -außenflächen, noch so starke Rückenschmerzen hinzu, dass ich nicht mehr in der Lage war, einen ganzen Tag zu sitzen. Es gab Tage, da wusste ich nicht, ob ich stehen, liegen oder sitzen konnte. Egal was ich versuchte, die höllischen Schmerzen blieben und wurden mit der Zeit unerträglich.

Dann eines Morgens, als ich gerade den Computer an meinem Schreibtisch einschaltete und mich für die kommenden Stunden im Büro vorbereitete, kam aus der

Tür meines alten Abteilungsleiters der Neue heraus. Er strahlte über sein ganzes Gesicht.

„Nun müssen Sie sich nicht mehr zwischen zwei Abteilungsleitern entscheiden, Frau Schmidt. Nun bin ich der Einzige."

Ein zufriedenes Grinsen beendete seine Worte, und sofort beauftragte er mich mit unzähligen Anrufen und anderen Arbeiten. Ich war erschrocken. So schnell war die Firma in der Lage, einen alten, ausgedienten Mitarbeiter zu entsorgen? Würde es mir genau so ergehen? Längst hatte ich bemerkt, dass der Neue ein Problem mit sich herumtrug und hatte ihn einmal darauf angesprochen. Konnte er mit dem Wissen, dass ich um sein Problem wusste, mich weiter als seine Sekretärin behalten?

Mein Gefühl sollte mich nicht täuschen. Einige Wochen später bot man mir eine andere Stelle an. Angeblich eine Beförderung, aber nur titelmäßig, gehaltsmäßig sollte alles so bleiben wie bisher. Ich war mir bewusst, dass ich entsorgt werden sollte und dass mein neuer Chef mich loswerden wollte. Er konnte keine Sekretärin gebrauchen, die um sein Geheimnis wusste.

So zog ich um in eine neue Abteilung und was wichtig für mich war, in ein neues Gebäude, weit weg von dem bisherigen, in dem ich nur Demütigungen erlitten hatte.

Doch ich kam vom Regen in die Traufe. Mein neuer Abteilungsleiter entpuppte sich als Choleriker, und schon nach kurzer Zeit trug mein Rücken mich nicht mehr. Immer öfter fehlte ich nun wegen Rückenschmerzen. Mein Arzt stellte, vielleicht zu Recht fest, dass es sich bei meinen Schmerzen eventuell um psychosomatische Probleme handeln könnte und schickte mich zu einem Neurologen und Psychologen. Nachdem ich ihm erzählte, was ich täglich auf der Arbeit erdulden musste und ihm meine Ängste mitteilte, stellte er mir sofort ein Attest aus, mit dem ich selbst kündigen konnte, ohne das Recht auf Arbeitslosenbezüge zu verlieren.

Es gab mir eine tiefe Beruhigung. Zu wissen, dass ich jederzeit kündigen konnte, gab mir neue Kraft, und ich versuchte noch einmal, mit dem neuen Abteilungsleiter in Frieden zu arbeiten.

Aber es schien nicht möglich zu sein. Zu spät erkannte ich, dass er schwere private Probleme hatte und seine von daher rührende schlechte Laune nun an mir ausließ. Fast täglich beschimpfte er mich, und ich begriff, er sah in mir seine Frau, die ihn verlassen hatte. Die konnte er nicht bestrafen, denn er versuchte mit aller Gewalt, sie wieder für sich zu gewinnen. Aber ich war tagtäglich um ihn herum, und er ließ allen Frust an mir ab. Als er mich wieder einmal kurz vor Feierabend lauthals beschimpft hatte, brach ich später in meiner Wohnung zusammen. Mein Rücken schmerzte so stark, dass ich den Notarzt anrufen musste. Er kam und spritzte mir schmerzstillende Medikamente in die Stellen meines Rückens, die mich so unbarmherzig quälten. Außerdem schrieb er mich krank und ordnete an, dass ich zu einem Krankengymnasten gehen musste, der mir helfen sollte, meinen Rücken zu stärken. Ich begriff, ich konnte nicht mehr zurück zu dieser Arbeitsstelle.

Von nun an erreichten mich tagtäglich hasserfüllte Telefonate und E-Mails dieses Abteilungsleiters, in denen er mir unterstellte, nicht wirklich krank zu sein, sondern nur keine Lust auf Arbeit zu haben. Er unterstellte mir tatsächlich, ich wollte mich nur vor der Arbeit drücken.

„Wehe, du erzählst jemandem, was in unserem Büro passiert! Das geht niemanden etwas an, hörst du, Lisa? Was in unserem Büro passiert, bleibt auch in unserem Büro!"

Ich glaubte, Hartmut, meinen geschiedenen Mann vor mir zu haben. Er hatte mir auch immer gedroht, dass mir, falls ich jemandem erzähle, was in unserem Haus passiert, etwas Schlimmes zustoßen würde.
So sperrte ich die E-Mail-Adresse meines Vorgesetzten, ging nicht mehr ans Telefon, wenn es klingelte und hoffte, wenigstens so, Ruhe vor ihm zu haben.

Monate nach dem ersten Attest des Psychologen suchte ich ihn wieder auf.
„Ich gebe Ihnen noch einmal ein Attest, Frau Schmidt, aber wenn Sie es dieses Mal nicht für eine Kündigung ihrerseits benutzen, dann kann ich Ihnen auch nicht mehr helfen. Es sind die Umstände, unter denen Sie arbeiten, die Sie krank machen, und das wissen Sie auch."
Ja, ich wusste es, aber ich wollte es nicht wahrhaben.
Doch mein jetziger Chef glaubte immer noch, dass ich nicht wirklich krank sei und ordnete an, dass ich zu einem Vertrauensarzt gehen müsste. Dieser Arzt sollte dann endgültig feststellen, ob ich tatsächlich krank wäre oder nur zu faul, um zu arbeiten.
An dem Morgen des Tages, an dem ich nach Nimmers zur Untersuchung fahren sollte, durfte ich keine meiner Schmerzmittel zu mir nehmen, da diese die Fahrtauglichkeit vermindern würden. Als ich nach fast einer Stunde im Büro des Vertrauensarztes ankam, brach ich unter den Schmerzen zusammen.
Es war eine Ärztin, die mich untersuchte und feststellte, dass ich unter keinen Umständen in meinem jetzigen Zustand in der Lage wäre, einer Arbeit nachzugehen.
Sie ordnete an, dass ich für unbestimmte Zeit berufsunfähig, also krankgeschrieben wurde.
Als mein neuer Chef dies erfuhr, tobte er. Aber es nützte ihm nichts. Er konnte mir nichts mehr anhaben.

Trotzdem wartete ich mit meiner Kündigung. Vielleicht besserte sich mein Rücken ja doch noch und ich könnte bald wieder arbeiten. Aber sowie ich nur daran dachte, verstärkten sich meine Schmerzen.

So kam es, dass ich selbst, nach vielen Jahren der Demütigungen, meine Stelle auf dem Flughafen Hinkel kündigte. Dem Flughafen, auf dem ich so viele Jahre gearbeitet hatte und als die Amerikaner noch da waren, mich wie zu Hause gefühlt hatte. Damals ein Flugplatz, auf dem mir die größten Ehrungen zuteilwurden, als ich noch für die Amerikaner arbeitete. Die meine Arbeit anerkannten und mein Wissen geschätzt hatten. Die mich für wert befunden hatten, mich zur ersten ‚Frau des Jahres' zu wählen. Im Gegensatz zu dem Flughafen heute, auf dem mir die größten Demütigungen und Erniedrigungen zuteilwurden, nachdem die Deutschen ihn übernommen hatten. Die mehr Wert auf gutes Aussehen als auf gute Qualifikation legten und die wussten, dass Arbeitnehmer wie ich, schon alleine aufgrund ihres Alters auf sie angewiesen waren.

Eine Last fiel von meinen Schultern. Ich war verblüfft, wie schnell die Rückenschmerzen in den folgenden Monaten verschwanden und die Neurodermitis an meinen Händen heilte. Diese Neurodermitis war so schlimm gewesen, dass sie sogar einer Eigenbluttherapie getrotzt hatte. Man konnte es quasi mit ansehen, wie meine Haut gesundete. Niemals hätte ich geglaubt, dass meine Krankheiten durch die Arbeit verursacht wurden. Aber nun sah ich ja selbst, dass es so sein musste. Wie sonst konnte es sein, dass ich so schnell gesund wurde? Hatte ich zuvor jede Nacht meine Hände blutig gekratzt, da der Juckreiz auf meiner Haut unerträglich war, so konnte ich jetzt schon fast jede dritte Nacht ohne zu kratzen durchschlafen.

Nun hatte ich viel Zeit, mich um eine neue Arbeit zu bemühen. Ich füllte unzählige Bewerbungsformulare aus. Aber nach einiger Zeit musste ich feststellen, dass es gar nicht so einfach war, in meinem Alter noch einmal eine Anstellung zu finden. Ich hatte schon die Mitte fünfzig überschritten, aber glaubte selbst fest daran, mit meinen Erfahrungen ohne große Mühe wieder eine neue Anstellung zu finden. Wie sehr ich mich irren sollte, wusste ich da noch nicht. Denn in dieser Zeit kam ein Zustrom von Spätaussiedlern aus Russland, sogenannte Russlanddeutsche, in unsere Gegend. Tausende Wohnungen, die leer standen und in denen früher die Amerikaner gewohnt hatten, wurden nun von diesen Aussiedlern bewohnt. Spätaussiedler oder wie von der Bevölkerung genannt: Russlanddeutsche. Sie waren bereit für wenig Geld viel zu leisten. Das Problem jedoch war, dass sie kaum Deutsch sprachen und es schon gar nicht schreiben konnten. Das wenige Deutsch das sie sprachen war zudem ein Deutsch, wie man es vielleicht vor hundert Jahren gesprochen hatte.

Es war ein großer kultureller Schock, mit dem die ganze Bevölkerung leben musste. Wir waren die Amerikaner gewöhnt, super lässig, super modern, sehr freundlich und locker. Und nun wurden wir von Menschen überrannt, deren Sprache wir nicht kannten und die außerdem sehr laut waren. Die sich zurückhielten und nur untereinander aus sich herausgingen.

Doch nach und nach lernte man sich besser kennen und sie wurden zugänglicher. Ich begriff, dass diese Menschen genauso viel Angst vor uns hatten, wie wir vor ihnen.

Aber was mir bis heute ein Rätsel geblieben ist, ist der Umstand, warum der deutsche Staat so viele Aussiedler auf einmal in ein Gebiet schickte, in dem gerade der größte Arbeitgeber abgezogen worden war. Die kleineren Betriebe in der Umgebung konnten unmöglich so viele arbeitsuchende Menschen auf einmal einstellen. Man konnte doch nicht einfach ein Gebiet mit Tausenden von Menschen überschwemmen, nur weil es dort viele leer stehende Wohnungen gab.

Unsere Bundesregierung konnte!

Ich wurde 1947 geboren, also nachdem der 2. Weltkrieg, Gott sei Dank, beendet war. Aber ich kannte noch die Not der Menschen, die in der damaligen Zeit versuchten, Deutschland wieder aufzubauen. Meine Eltern waren gläubige Menschen, die hart arbeiteten und acht Kinder großzogen. Jedes dieser Kinder besuchte das Gymnasium und war daher in der Lage, später zu arbeiten und verhältnismäßig gut zu verdienen. Ja, ich auch.
Als ich 1965 meine kaufmännische Lehre beendet hatte, beschloss ich, meinen Traum als Büroangestellte zu verwirklichen. Heimlich hatte ich mir zuhause in meinem Zimmer Schreibmaschinenschreiben selbst beigebracht, und nachdem mein Vater sich überzeugt hatte, dass ich einigermaßen gut tippen konnte, bewarb ich mich um eine Anstellung im Büro einer kleinen Möbelfabrik. Ich bekam diese Stelle und begann so meine berufliche Karriere.
Damals war der Verdienst sehr gering. 210 DM für den ganzen Monat. Ich trug durch meine Steuer- und Sozialabgaben von nun an selbst mit bei, Deutschland bei seinem Aufbau zu unterstützen. Natürlich wollte ich mehr verdienen und liebäugelte mit einer Anstellung auf dem nahegelegenen amerikanischen Flugplatz. Da meine Eltern jedoch befürchteten, ich könnte mich in einen Amerikaner verlieben, musste ich lange damit warten. Erst als ich mich 1966 mit meinem späteren

deutschen Mann, nämlich Hartmut verlobte, durfte ich dort anfangen zu arbeiten.

Auf dem amerikanischen Flugplatz verdiente ich sofort mehr als das Doppelte und arbeitete, nur mit einer kurzen Babypause von 10 Wochen im Jahre 1969, ununterbrochen bis 1975. Als mein zweiter Sohn 1976 geboren wurde, machte ich eine Pause bis 1983. Da erst hatte ich endlich die Kraft, mich endgültig von meinem brutalen Ehemann zu trennen.

Sehr schnell bekam ich nach der Trennung wieder eine Stelle auf dem immer noch existierenden amerikanischen Flugplatz und arbeitete mich kontinuierlich hoch bis hin zur Leiterin der Flugbetriebsdatenkontrolle. Jeden Monat bezahlte ich brav meine Steuern und Sozialabgaben an den Staat.

Selbst als die Amerikaner gingen und der Flugplatz aufgelöst wurde, war ich keine Minute arbeitslos. Und obwohl ich alleinerziehende Mutter eines Teenagers war, nahm ich eine Stelle an, die 100 km von meinem Heimatort entfernt war und die ich täglich morgens und abends fuhr, um nur nicht arbeitslos zu sein.

Dann entdeckte meine aufmerksame Mutter eine Stellenausschreibung in der Zeitung, in der man eine Chefsekretärin für den neu zu konvertierenden Flughafen Hinkel suchte. Natürlich bewarb ich mich darum und bekam sie aufgrund meiner früheren Tätigkeiten und aufgrund meiner Erfahrung im flugbetrieblichen Bereich. Konnte ich doch nicht wissen, was mich dort erwartete!

Nur gut, dass man nicht weiß, was auf einen zukommt und was die Zukunft so bringt. Doch ich war einfach nur froh, endlich dem Flughafen Hinkel entronnen zu sein.

Und nun war ich tatsächlich arbeitslos.

Kapitel 3

Langsam erholte sich mein Körper von den Strapazen, und nach Monaten der Ruhe zu Hause und intensiver Jobsuche fand ich wieder eine Anstellung. Dieses Mal als Autovermieterin auf dem Flughafen Hinkel.

Nach einem Lehrgang von nur einer Woche in einem wunderschönen Hotel im Sauerland begann ich meine neue Arbeit als Vermieterin von verschiedenen Autos.

Der Counter dieser Autovermietung befand sich im Terminal des Flughafens, wo ich einmal als Chefsekretärin gearbeitet hatte. Es störte mich aber keineswegs, im Gegenteil, ich blühte richtig auf. Schon immer hatte mir die Arbeit mit Menschen großen Spaß gemacht. Außerdem bekam ich so ganz nebenbei prominente Menschen zu Gesicht.

Es war an meinem Geburtstag und meine Tante Annemarie hatte mir einen ihrer berühmten Käsekuchen gebacken. Einen Kuchen ganz für mich allein. Ich saß am Counter und wartete auf Menschen, die ein Auto benötigten, als eine junge Frau ganz aufgeregt auf mich zu kam.

„Bitte, können Sie mir helfen? Ich suche dringend einen Parkplatz für mein Auto."

Lächelnd zeigte ich ihr den Weg dorthin und sie stürmte davon. Es war eine sehr berühmte deutsche Schauspielerin. Eine Weile später kam sie zu mir zurück und bedankte sich freundlich.

„Möchten Sie ein Stück Käsekuchen? Ich habe heute Geburtstag und ich würde mich freuen, wenn Sie ein Stück des Kuchens essen würden."

Überrascht sah sie mich an.

„Herzlichen Glückwunsch. Ja, ich würde gerne ein Stück davon essen."

Und so saß ich in meinem Counter, sie stand davor und wir beide aßen gemeinsam den wunderbaren Kuchen von meiner Tante Annemarie. Dann verabschiedete sich die junge Schauspielerin, denn sie wollte ihren Flug nicht verpassen. Jedes Mal nun, wenn ich sie im Fernsehen sehe, muss ich an meinen Geburtstag denken, wo wir beide zusammen im Terminal des Flughafens Hinkel den leckeren Kuchen meiner Tante Annemarie gegessen hatten.

Einige Tage später saß ich erneut in meinem Counter und wartete wieder einmal auf Kunden, als ich einen jungen Mann bemerkte, der schräg gegenüber auf einer der Wartebänke saß. Er kam mir so bekannt vor, aber ich wusste nicht, wo ich ihn schon einmal gesehen hatte. Es ließ mir einfach keine Ruhe und als der Sitz neben ihm leer wurde, ging ich zu ihm hin und setzte mich daneben.

„Entschuldigung,"

stotterte ich etwas nervös.

„Aber ich glaube, ich kenne Sie. Ich weiß nur nicht woher ich Sie kenne."

Er saß nach unten gebeugt auf dem Stuhl. Nun hob er leicht seinen Kopf und schmunzelte mich an.

„Vom Fernsehen vielleicht?"

„Ja, das kann sein, ich weiß nicht."

„Vom Skispringen vielleicht?"

Und da dämmerte es mir. Ja, natürlich. Dieser junge Mann neben mir war einer der berühmtesten Skispringer der Nation.

„Ja, das stimmt. Ich habe Sie schon oft im Fernsehen gesehen, denn ich mag Skispringen und schaue es mir regelmäßig an."

Wir lachten beide und ich verabschiedete mich und wünschte ihm einen guten Flug. Er hatte mir noch gesagt, dass er auf dem Weg nach Schottland sei, um dort Golf zu spielen.

Es gab aber auch einige traurige Erlebnisse, die mir aber die Freude an meiner Arbeit nicht trübten. Eines Tages kam ein junges Ehepaar und wollte ein kleineres Auto mieten. Sie erzählten mir, dass sie auf ihrer Hochzeitsreise waren und aus Irland kamen. Zum ersten Mal in Deutschland, ihre Augen glänzten.
„Wir möchten nach Bayern zum Schloss Neuschwanstein",
erzählten sie mir lächelnd.
Es war ein anmutiges Paar und ich schloss sie gleich in mein Herz, denn sie strahlten ihre Liebe nur so aus. Was mich allerdings ein wenig an ihm störte war der Umstand, dass er, obwohl es draußen bitterkalt war und es schneite, ohne Strümpfe und mit offenen Sandalen vor meinem Counter stand.
„Ist es Ihnen nicht kalt?"
fragte ich besorgt.
Er schüttelte den Kopf und seine junge Frau meinte lächelnd:
„Er läuft immer so rum."
Dabei schmiegte sie sich an ihn und sie schaute ihn zärtlich an.
Die Liebe dieser beiden jungen Menschen zu sehen gab mir ein warmes Gefühl. Da sie aus Irland kamen, wies ich sie mehrfach darauf hin, dass in Deutschland die Rechtsfahrregel bestand.
„Wir fahren hier auf der falschen Seite, bitte vergessen Sie das nicht."
Wir mussten lachen und das junge Paar ging engumschlungen davon.

Einige Stunden später kam ein Anruf von der Polizei. Der junge Mann hatte in Bayern einen Unfall verursacht. Er war auf der linken Seite der Straße gefahren statt rechts, wie ich es ihm gesagt hatte und war in einer Kurve frontal mit einem anderen Auto zusammen geprallt. Seine junge Frau und die Fahrerin des entgegenkommenden Autos waren auf der Stelle tot. Er selbst hatte nur leichte Verletzungen.

Ich hatte ihn doch ausdrücklich und mehrfach darauf aufmerksam gemacht, dass er in Deutschland rechts fahren musste. Auf der Autobahn hielt er sich daran, als er jedoch auf die Landstraße abbiegen musste, hatte er es vergessen.

Ich sehe noch heute das glückliche junge Paar vor mir, das Gott sei Dank da noch nicht wusste, dass es nur noch einige gemeinsame Stunden für sie Beide gab.

Was aus dem jungen Mann geworden ist, und wie er zurück nach Irland kam habe ich nie erfahren.

Das Schicksal ist wirklich manchmal sehr grausam.

Oder ein anderes Mal, als drei junge Männer südländischer Herkunft ein Auto bei mir mieteten. Das schnellste Auto, das auf unserer Liste stand. Drei Tage wollten sie damit durch Deutschland fahren, hatten sie mir erzählt. Am dritten Tag, also an dem Tag, an dem sie das Auto zurückbringen sollten, hatte ich zufällig wieder Dienst am Counter. Plötzlich standen zwei Polizeibeamte vor mir, die Auskunft über diese Männer haben wollten. Sie durften mir keine Angaben über ihre Gründe machen, nur so viel, dass diese drei jungen Männer ein Verbrechen begangen hatten und nun auf der Fahndungsliste standen.

Sie baten mich, ihnen ein Zeichen zu geben, sobald diese jungen Männer an meinem Counter auftauchen würden, um das gemietete Auto zurückzubringen. Außerdem zeigten sie mir Polizeibeamte in Zivil, die als Passagiere getarnt, überall im Terminal platziert waren.

Ein großes Polizeiaufgebot in Zivil gruppierte sich um meinen Counter. Manche blickten gelangweilt aus dem Fenster, andere saßen einfach nur so herum und achteten auf ihre mitgebrachten Koffer und einige gingen auf und ab. Sie sahen aus wie ganz normale Reisende, die auf ihr Flugzeug warteten. Mich forderten sie auf, so natürlich wie möglich, die Rückgabe des Autos zu bearbeiten.

Ich war nervös, aufgeregt und hatte auch ein wenig Angst, denn die Polizisten hatten mir erklärt, dass die Männer sehr gefährlich wären.

Plötzlich klingelte das Telefon. Es war einer dieser Männer und er teilte mir mit, dass sich die Rückgabe des Autos um etwa drei Stunden verzögern würde. Natürlich teilte ich dieses sofort dem Leiter der Polizeieinsatzgruppe mit.

„Wir werden auf die Personen warten",

sagte er und schickte einige der wartenden Polizisten in Zivil in die Pause.

Ich machte mir große Sorgen um meine Kollegin, die in etwa einer Stunde ihre Schicht antreten sollte. Sie hatte drei kleine Kinder, und ich dachte mit Schrecken daran, was eventuell passieren könnte, wenn die Polizei diese drei Männer vor meinem Counter überraschen und vielleicht versuchen würde, sie mit Gewalt festzunehmen. Nein, dieser Gefahr konnte ich die junge Mutter nicht aussetzen. Wenn mir etwas passieren würde, wäre es nicht so schlimm. Meine Kinder sind groß und brauchen mich nicht mehr.

Also rief ich meine Kollegin zu Hause an und log ihr vor, dass sie heute ihre Schicht nicht anzutreten brauchte, da es ruhig wäre und ich noch keine Lust hätte nach Hause zu gehen. Sie glaubte mir meine Geschichte und bedankte sich dafür, dass sie daheim bleiben konnte. Eines ihrer Kinder kränkelte etwas und sie hatte selbst schon daran gedacht, eventuell ihre Schicht mit einer Kollegin zu tauschen.

Die Zeit verrann und alle Polizisten waren wieder auf ihren Plätzen. Dann klingelte erneut das Telefon. Wieder war es einer der jungen Männer, auf die die Polizisten warteten.

„Es wird leider noch eine Stunde später werden."

Und so warteten und warteten wir und ich wurde langsam immer nervöser. Was mich ein wenig verwunderte war der Umstand, dass die Polizei die tatsächlichen Passagiere nicht daran hinderte, frei herumzulaufen.

Und plötzlich sah ich einen der drei Männer auf den Counter zugehen. Die beiden anderen warteten vor dem Terminal. Ich machte das verabredete Zeichen und deutete auf den einen Mann, der auf den Counter zukam und auf die beiden verbleibenden Männer draußen vor dem Terminal. Der Mann im Terminal versuchte nicht einmal zu entkommen. Er war zu überrascht und wehrte sich nicht gegen seine Festnahme und die Handschellen, die man ihm anlegte.

Plötzlich entstand vor dem Terminal ein großer Tumult, erschreckte Passagiere rannten ins Terminal während andere zusahen, wie die Polizei die beiden anderen jungen Männer überwältigte und alle in Handschellen abführte und in mehrere Polizeiautos verfrachtete. Da musste ich mich doch hinsetzen, denn meine Knie schlotterten heftig. So etwas in real live mitzuerleben ist schon etwas anderes, als es im Fernsehen zu sehen.

Die Polizei bedankte sich bei mir und der Einsatz war für sie beendet.

Ich bekam auch einige der kleinen und großen Dramen mit, die sich vor meinem Counter abspielten, da er sich genau gegenüber den Check-In Schaltern befand. Die Airline, die hauptsächlich vom Flughafen Hinkel aus abflog, hatte strenge Regeln. Eine der Regeln betraf das Gewicht des Gepäcks. War der Koffer auch nur ein wenig über dem Höchstgewicht, kostete es sehr viel Geld. Ein junger Afrikaner, der seine Familie seit über einem Jahr nicht mehr gesehen hatte und auf dem Weg dorthin war, rastete völlig aus. In seinem Koffer befanden sich seine wenigen Kleidungsstücke und jede Menge Spielzeug, das er von seinem letzten Geld gekauft hatte. Aber der Koffer war zu schwer und die Dame am Check-In-Counter ließ sich nicht erweichen. Sie verlangte sehr viel Geld von ihm, um den Koffer einzuchecken. Geld, das der junge Mann nicht hatte.

Also nahm er einen Anzug heraus, aber immer noch war der Koffer zu schwer. Stück für Stück seiner Kleidung wanderte in die Mülltonne, aber der Koffer blieb zu schwer. Tränen liefen ihm über seine Wangen, als er nach und nach immer mehr Spielzeug aus dem Koffer nahm und den Mitarbeitern an den verschiedenen Countern schenkte. Spielzeug, das für seine Kinder gedacht war, die er schon so lange nicht mehr gesehen hatte. Wir hatten alle Mitleid mit ihm.

Doch plötzlich rastete er aus. Er kippte den ganzen Inhalt seines großen Koffers auf den Boden des Terminals und schleuderte den leeren Koffer quer durch die große Halle. Gott sei Dank hielten sich in dem Moment nur wenige Passagiere in dem Terminal auf, denn es war noch sehr früh am Morgen. Die Polizei musste kommen und ihn mitnehmen. Er tat mir so leid, aber was sollte ich tun?

Eines Tages gab es ein Riesengeschrei im vorderen Bereich des Terminals. Eine Dame, Mitte dreißig würde ich sagen, die seit über einer Stunde gemütlich im Restaurant des Terminals ihren Kaffee getrunken hatte und mit ihrer Freundin eifrig getratscht hatte, hatte soeben erfahren, dass das Flugzeug, mit dem sie eigentlich als Passagierin mitfliegen wollte, gerade abhob. Eigentlich wollte sie sich nur am Check-In-Counter erkundigen, wann die Passagiere zum Einchecken gehen sollten, und hatte dabei erfahren, dass das Flugzeug, mit dem sie zusammen mit ihrer kleinen Tochter eines der skandinavischen Länder besuchen wollte, sich schon in der Luft befand.

Sie tobte und war außer sich. Lauthals beschuldigte sie alle Mitarbeiter der Airline, sie absichtlich nicht mitgenommen zu haben. Dass sie mehrmals über den terminaleigenen Lautsprecher gesucht und aufgerufen worden war, bestritt sie energisch.

Die vor Wut außer sich geratene Frau rannte von Counter zu Counter und fragte jeden Mitarbeiter, ob er oder sie etwas von diesem Aufruf gehört hätten. Dann drehte sie vollkommen durch während ihre kleine, etwa fünfjährige Tochter verzweifelt versuchte, mit dem schweren Koffer hinter ihrer wütenden und rasenden Mutter herzulaufen. Diese beachtete jedoch ihr kleines Kind überhaupt nicht und rannte hin und her, immer lauter schreiend und wilder gestikulierend. Die Freundin der Mutter war nirgends zu sehen. Sie schämte sich wohl für das Verhalten von ihr und hielt Abstand.

Man musste diese Furie des Terminals verweisen, da ihr Benehmen den ganzen Betrieb störte. Mir tat die kleine Tochter mit dem schweren Koffer leid. Ihre Mutter schien vergessen zu haben, dass sie auch noch da war. Ich beobachtete sie noch eine Weile, wie sie vor dem Terminal auf den Treppenstufen saß und wütende Beschimpfungen ausstieß. Ihre Tochter saß neben ihr und hielt den viel zu großen Koffer fest in ihrer kleinen Hand. Dann fuhr ein Auto vor und sie und ihre kleine Tochter fuhren davon. Plötzlich sah ich auch die Freundin dieser

Frau wieder, die sich kurz bevor das Auto losfuhr noch schnell hineinzwängte.

Oder der Abschied von Liebenden. Er tat mir immer besonders weh, wusste ich doch, wie sie sich fühlten. Und es gab viele Abschiede direkt vor meinem Counter.

Trotzdem machte mir die Arbeit riesigen Spaß, doch leider wurde sie jäh beendet, als der Chef sich in eine Kollegin verliebte.

Eines Abends stand er am Counter und hatte beide Arme über die Glastür gelegt.

„Frau Schmidt, ich habe mich so verliebt."

Ich schaute ihn entgeistert an.

‚Das ist nicht gut, '

dachte ich sofort.

Ein Chef sollte sich nie so vor einer seiner Angestellten öffnen. Außerdem war er verheiratet. Mir schwante nichts Gutes und mein Gefühl sollte mich auch nicht täuschen.

Kurze Zeit darauf fing eine meiner Kolleginnen, die bisher stets nett, kollegial und hilfsbereit war, sich aufzuspielen, als ob sie unsere Chefin wäre. Sie kam und ging wie sie wollte und wurde immer arroganter und herrischer. Ich erkannte, dass sie die Gespielin unseres Chefs war und sie dieses schamlos für ihre Zwecke ausnutzte. Plötzlich befand ich mich in der gleichen Situation, wie auf meiner ehemaligen Arbeitsstelle. Meine Nerven waren jedoch noch nicht mehr stark genug, erneute Mobbingattacken auszuhalten. So kam es wie es kommen musste. Ich wurde wieder krank, kollabierte sogar im Terminal vor Hunderten von Menschen und verlor so diese Arbeitsstelle.

Kapitel 4

Ich wollte nicht glauben, dass ich mit Ende 50 zu alt für eine neue Arbeit sei, aber es schien utopisch, in meinem Alter überhaupt noch zu einem Vorstellungsgespräch eingeladen zu werden. Trotzdem, ich gab nicht auf, und so ergab es sich, dass ich als Nachtportier in einem Hotel im Nachbarort eine neue Anstellung fand. Auch diese Arbeit machte mir riesigen Spaß, und die Kolleginnen schienen alle nett und hilfsbereit. Keine Andeutung von Mobbing war am Anfang zu erkennen. Im ersten Monat schwebte ich wie auf Wolke sieben. Die Gäste mochten mich und zwei Gäste, deutsche Schwestern, ungefähr in meinem Alter, die in Irland ein Hotel an der Küste betrieben, fragten mich sogar eines Morgens beim Frühstück, ob ich nicht Lust hätte, dort für sie zu arbeiten. Leider sagte ich nein. Ich hatte Angst davor, noch einmal in meinem Alter in einem fremden Land von vorne anzufangen.

Eines Abends, als ich den Inhaber des Hotels wie jeden Abend in der Portierloge ablöste, damit er in den verdienten Feierabend gehen konnte, fragte er mich, ob ich Interesse daran hätte, eventuell auch Schreibarbeiten für ihn zu erledigen. Gerne sagte ich „ja". Als langjährige Sekretärin würde es mir Freude bereiten. Sofort unterbreitete er mir eine Idee, die er schon lange in die Tat umsetzen wollte und bat mich, in der Angelegenheit einen Brief für ihn aufzusetzen.

Nachdem alle Gäste eingecheckt waren, begann ich damit, den Brief vorzubereiten. Die ganze Nacht überlegte ich mir, wie ich diesen Brief am besten formulieren könnte, damit mein Chef damit zufrieden wäre.

Als meine Ablösung am nächsten Tag kam, waren schon alle Gäste abgereist. Ich hatte das Büfett vom Morgen wieder abgeräumt und die Geschirrspülmaschine ausgeräumt. Alles war für die Übergabe vorbereitet.

„Was machst du denn da am Computer?"

Misstrauisch schaute mir die neue Kollegin über die Schulter.

„Herr F. hat mich gebeten, einen Brief für ihn zu formulieren, und ich bin fast fertig damit"

antwortete ich unbefangen.

„Du bist doch hier nicht als Sekretärin eingestellt"

schrie sie mich an,

„Du bist der Nachtportier. Er hat doch eine Sekretärin. Willst du ihr etwa die Stelle wegnehmen?"

Nein, natürlich wollte ich der anderen Kollegin die Stelle nicht wegnehmen, aber da Herr F. mich darum gebeten hatte, tat ich natürlich was er von mir verlangte. Ich ahnte, dass es Probleme geben würde und sollte mich nicht täuschen. Denn von nun an intrigierte diese Kollegin gegen mich und machte mir so das Leben zu Hölle.

Dann kam die erste Lohnabrechnung und somit der Schock meines Lebens. Ich arbeitete an fünf Tagen in der Woche, täglich acht Stunden und verdiente knapp 800 Euro netto. Davon konnte ich nicht leben. Bei meinem Vorstellungsgespräch hatte ich den zukünftigen Chefs, der Ehefrau des Hoteliers und ihm selbst gesagt, dass ich mindestens 1100 Euro netto verdienen müsste, um über die Runden zu kommen. Mit einem breiten Lächeln hatten mir damals beide versichert, dass das überhaupt kein Problem wäre. Das würde ich leicht verdienen.

So bat ich meine Vorgesetzten (Chef und Chefin des Hotels) um ein Gespräch, und mit süffisantem Lächeln teilten sie mir mit, dass ich natürlich so viel Geld bei ihnen verdienen könnte. Es käme doch nur auf die Stunden an, die ich selbst bereit wäre zu leisten. Von da an arbeitete ich an sechs Tagen in der Woche bis zu 13 Stunden täglich. Meine Arbeitszeit begann um 23.00 Uhr und endete um ca. 11.30 Uhr am nächsten Tag. Natürlich gingen diese Stunden an meine Substanz. Schließlich war ich mittlerweile fast 60 Jahre alt. Aber ich wollte unbedingt durchhalten und glaubte fest daran, dass ich es auf dieser Arbeitsstelle bis zu meinem Rentenantritt aushalten würde.

Wenn nachts die Gäste alle eingecheckt hatten und in ihren Betten schliefen, konnte ich, wenn ich wollte, in einem Raum im Keller bis 04:30 schlafen. Ich fühlte mich dort nicht wohl, konnte aber nicht sagen, woran es lag. Er kam mir einfach unheimlich vor. Es war ein großer Raum, in dem sich die Spinde der Angestellten befanden. Nebenan waren die Toiletten und Duschen für die Angestellten. In einer Ecke standen ein Bett und ein Nachttisch.
In einer dieser Nächte fiel ich in einen leichten Dämmerschlaf, der immer wieder durch das Geräusch von Krankenwagensirenen unterbrochen wurde. War ich dann wach, war alles ruhig. Ich schien es nur geträumt zu haben. Aber sobald ich wieder einschlief, heulten die Sirenen. So stand ich nach mehreren Versuchen, doch noch ein wenig Schlaf zu finden, entnervt auf und gerade als ich dabei war, das Frühstücks-Büfett für die Gäste herzurichten, klingelte das Telefon.
„Hilfe, helfen Sie mir, bitte, schnell, rufen Sie einen Arzt."
„Wer sind Sie?"
Ich war so erschrocken, dass ich überhaupt nicht auf die Idee kam, einen Gast am Telefon zu haben. Die einzelnen Zimmer waren nicht mit Telefonen ausgerüstet. Dieser Gast rief mich von seinem Handy aus an.

„Ich bin der Gast von Zimmer 21 und habe furchtbare Schmerzen. Bitte schicken Sie mir sofort einen Arzt."

Um mich zu vergewissern, dass es wirklich der Gast aus Zimmer 21 war, lief ich keuchend die vielen Stufen hinauf. Auf der Etage, auf der sein Zimmer lag bemerkte ich, dass die Tür des Zimmers 21 einen Spalt offen stand. Auf dem Bett lag ein splitternackter Mann mit schmerzverzehrtem Gesicht.

„Kommt der Arzt?"

„Ja, er ist unterwegs",

beruhigte ich ihn. Machen Sie sich keine Sorgen, er wohnt nicht weit weg von hier. Er wird gleich da sein. Kann ich sonst noch etwas für Sie tun?"

„Nein, nein,"

stöhnte er und ich bemerkte, dass er weinte. Er musste sehr starke Schmerzen haben.

So schnell ich konnte lief ich die vielen Treppen wieder hinunter und benachrichtigte den Arzt. Es schien wie eine Ewigkeit, bis er endlich erschien. Zwischenzeitlich war ich wieder die ganzen Stufen hinaufgelaufen, um nach dem kranken Gast zu sehen. Als ich das zweite Mal in seinem Zimmer stand, hatte er sich eine Unterhose angezogen. Es war ihm wohl peinlich gewesen, sich nackt vor mir gezeigt zu haben.

„Wie lange haben Sie diese Schmerzen schon?"

fragte ich ihn, um ihn etwas abzulenken.

„Schon seit Stunden."

„Warum haben Sie nicht schon früher angerufen? Ich war die ganze Zeit unten."

„Ich dachte, es wäre niemand da. Ich dachte, Sie würden schlafen."

Ein Stöhnen entrang sich erneut seinen Lippen.

Dann kam der Arzt und ich musste mich um die anderen Gäste kümmern, die nach und nach zum Frühstück erschienen. Dann hörte ich die Sirene des Rettungswagens der vor dem Hotel anhielt.

„Wo müssen wir hin?"

fragte einer der Sanitäter.

„Zimmer 21 im zweiten Stock."

Nun begriffen die anderen Gäste, dass etwas nicht stimmte und aufgeregt wollten sie wissen, was passiert sei. Ich versuchte sie zu beruhigen, was mir aber nicht so gut gelang, denn statt durch die Hintertür trugen die Sanitäter den wimmernden Gast aus Zimmer 21 auf einer Trage durch den Speisesaal hinaus in den Rettungswagen. Was sollte ich den Gästen sagen? Ich wusste doch selbst nicht, was los war.

Was mich aber total erschrocken machte war, dass ich in dieser Nacht immer wieder durch das Geräusch von Krankenwagensirenen geweckt worden war. Hatte mein Unterbewusstsein seine Schmerzensschreie etwa gehört? Plötzlich zitterte ich am ganzen Körper und hatte Angst. Ich nahm mir vor, nie mehr in diesem Keller zu schlafen.

Ein paar Stunden später fuhr ein Taxi vor und aus ihm stieg der Gast, der am frühen Morgen mit heulenden Sirenen in das nächste Krankenhaus gefahren worden war.

„Wie geht es Ihnen? Sind Ihre Schmerzen jetzt besser?"

„Ja, Vielen Dank. Es war ein Nierenstein, der mir diese Schmerzen bereitete. Aber jetzt ist es besser. Ich werde sofort nach Hause fahren und mich dort in stationäre Behandlung begeben. So hat es mir der Arzt des Krankenhauses in Nimmers empfohlen."

Ich war erleichtert, dass es nichts Schlimmeres war. Auf solche Aufregungen konnte ich gerne verzichten. Als er ging bedankte er sich noch einmal bei mir und gab mir ein großzügiges Trinkgeld. Was ich natürlich sofort in die Gemeinschaftskasse steckte.

„Wir machen das hier so",
hatte man es mir bei meinem Antritt erklärt.
„Du bist der Nachtportier und bekommst die meisten Trinkgelder. Die Zimmermädchen und die anderen Angestellten bekommen fast keine. Deshalb sammeln wir alle Trinkgelder und am Ende des Jahres teilen wir diese unter uns allen auf."
Das erschien mir logisch und so steckte ich jeden Tag meine erhaltenen Trinkgelder in die Gemeinschaftskasse. Ich freute mich schon auf das Jahresende, denn ich bekam großzügige Trinkgelder, da die Gäste meine Freundlichkeit schätzten.

Obwohl ich keine Freizeit mehr hatte, denn ich arbeitete und schlief und schlief und arbeitete, ging ich trotzdem jeden Tag guter Dinge zu meiner Arbeitsstelle, da mir der Umgang mit den Gästen sehr viel Freude bereitete. Mit Mühe kam ich dazu, die nötigsten Lebensmittel einzukaufen, um nicht zu verhungern.
Normalerweise wohne ich in einem ruhigen Haus und konnte tagsüber schlafen. Doch plötzlich war es mit der Stille vorbei. Mein Vermieter fing an, die Dachgeschosswohnung zu reparieren. Und genau in der Zeit, in der ich eigentlich vorschlafen müsste, ratterten über mir der Schlagbohrer und andere Maschinen, die einen großen Lärm verursachten. Ich war am Verzweifeln und auch ein Gespräch mit meinem Vermieter brachte keine Veränderung.
„Lisa, es tut mir wirklich leid, aber ich muss das jetzt machen."
Ich sah ihm an, dass er es ernst meinte, aber es brachte mir nicht die Stille zurück, die ich benötigte, um zu schlafen. Mir ist es heute noch ein Rätsel, wie ich die vielen Wochen durchgehalten habe.

Selbst meinen kleinen Schrebergarten konnte ich in dieser Zeit vergessen. Sogar einen Mann musste ich einstellen, der mir wenigstens regelmäßig den Rasen mähte. Das hielt ich einige Monate durch, und dann erschien eine kleine Maus. Ich glaube noch heute, dass mir der liebe Gott dieses kleine Tier geschickt hat, um den unerträglichen Arbeitsbedingungen ein Ende zu bereiten.

Eines Morgens, als die Gäste gerade beim frühstücken waren, hallte ein lauter Schrei durch das Hotel, und die Gäste an einem der Tische sprangen hin und her. Es waren sechs junge französische Damen, die fuchtelnd auf den Boden zeigten. Da ich leider kein französisch sprach und die Damen kaum Deutsch oder Englisch, wusste ich zuerst nicht, was der Grund der ganzen Aufregung war. Bis eine der jungen Frauen aufgeregt rief:
„Mickey Mouse, Mickey Mouse,"
und dabei auf einen kleinen Schrank an der Wand zeigte.
Jetzt verstand ich was sie damit meinte. Die junge Französin hatte wohl eine kleine Maus gesehen, die sich jetzt hinter oder unter diesem Schrank versteckte. Ich beruhigte die Frauen und versuchte, ihnen klar zu machen, dass ich mich des Mäuschens annehmen würde. Die jungen Frauen wechselten ihren Tisch, um an der anderen Seite des Frühstückraumes ihr Essen fortzusetzen. Immer wieder schauten sie ängstlich zu dem kleinen Schrank an der gegenüberliegenden Seite des Raumes um sich zu vergewissern, dass die kleine Maus sich nicht erneut zeigte.
Nachdem gegen elf Uhr der Hotelier und Eigner des Hotels erschien, erzählte ich ihm von dem Vorfall. Daraufhin besorgte er Fallen, die die Maus nicht töten sollten, sondern nur einschließen, sogenannte Lebendfal-

len, damit man das arme Mäuschen anschließend wieder in die Freiheit entlassen konnte, außerhalb des Gebäudes selbstverständlich.

Ach! Was war der Herr Hotelier doch so besorgt um das liebe, arme, unschuldige Mäuschen! Wäre er doch nur so besorgt um seine Angestellten gewesen. Ihnen hatte er verboten, privat miteinander zu sprechen und sich zu unterhalten. Außerdem mussten sich alle Angestellten siezen, woran sich aber keiner hielt. Wenn er da war, siezten wir uns und mussten dabei grinsen, sowie er aber den Raum verließ, verhielten wir uns wieder normal.

Er war ein schwieriger Chef, hatte ein Alter erreicht, in dem andere Menschen schon längst ihre wohlverdiente Rente genossen und war mit der Zeit sehr starrsinnig geworden. Es galt nur das, was er sagte. Einwände ließ er überhaupt nicht gelten. Verbesserungsvorschläge von Seiten der Angestellten waren in seinen Augen Kritik an seiner Arbeit und erzürnten ihn maßlos. Saß er in der Portierloge waren regelmäßig die Daten im Computer alle durcheinander. Die Schuld dafür schob er nur auf uns, denn er selbst machte ja keine Fehler. Durch den Aufbau des Flughafens beflügelt, plante er einen Ausbau seines Hotels. Er wollte die Kapazität der Betten erhöhen und sprach von nichts anderem.

Als ich abends um elf Uhr, also 23 Uhr, wieder meinen Dienst antrat, zeigte der Chef mir, wo überall im Hotel er seine humanen Mausefallen aufgestellt hatte. Dann ging er beruhigt schlafen, und ich fing meinen Dienst in der Portierloge an. Nach ungefähr zwei Stunden waren mittlerweile alle Gäste angekommen, hatten eingecheckt und schliefen sanft.

Ich hätte mich jetzt auch zurückziehen können, in diesen Raum im Keller, im dem ein Bett stand. Aber es war gespenstig in dem tiefen Gewölbe, und ich fühlte mich dort nicht mehr wohl, vor allen Dingen nach der Sache mit dem Sirenengeheul. Zudem klingelten nachts immer Gäste an der Eingangstür des Hotels, um nach freien Zimmern zu fragen und ich hatte nie Ruhe. Immer wieder wurde ich durch das Klingeln gestört. Meistens war es mir nicht vergönnt, einzuschlafen, denn es gab immer wieder Gäste, die selbst morgens um halb drei noch nach einem Zimmer fragten.

Deshalb hatte ich es mir angewöhnt, die restliche Nacht in der Portiers Loge zu verbringen.

Es war gespenstisch ruhig in dem großen Hotel, und plötzlich hörte ich ein erbärmliches Piepen.

‚Die Maus,'

dachte ich mir sofort. Ich durchsuchte alle Fallen und tatsächlich, in einer saß eine kleine Maus und schaute mich ängstlich an. Genauso ängstlich schaute ich auf sie hinunter. Als die Chefin am nächsten Morgen, wie jeden Morgen, anrief, um in Erfahrung zu bringen, ob in der Nacht etwas Besonderes vorgefallen wäre, erzählte ich ihr stolz von der erfolgreichen Jagd auf die Maus.

„Oh, wie schön, oh, wie schön, Frau Schmidt,"

zwitscherte die Chefin des Hotels fröhlich ins Telefon.

„Lassen Sie die Falle da, wo sie jetzt ist. Mein Mann wird sie später entsorgen."

Als ob die kleine Maus dies gehört hätte, fing sie plötzlich an, in ihrem kleinen Gefängnis zu rumoren und hast du nicht gesehen, war sie dem engen Behältnis entwischt und war verschwunden. Der Chef raste vor Wut, als er zwei Stunden später im Hotel erschien.

„Sind Sie nicht in der Lage, eine kleine Maus zu entsorgen?"

schrie er mich an. Obwohl er nur genau so groß war wie ich selbst, kam er mir vor wie ein riesiges Ungetüm, das da wutschnaubend vor mir hin und her tanzte.

„Wenn Sie noch nicht einmal in der Lage sind, eine Maus zu entsorgen, dann kann ich Sie hier nicht gebrauchen!"

So ging das einige Zeit, bis ich mich in den Feierabend verabschiedete und todmüde nach Hause fuhr. Dort angekommen überkam mich eine große Wut. Nein, nicht über den Chef, sondern auf mich selbst. Wieso hatte ich mir das gefallen lassen? Wieso hatte ich mich nicht gewehrt? Wieso hatte ich ihm erlaubt, so mit mir umzugehen? Man hätte auch in einem normalen Ton über diese Angelegenheit sprechen können.

Mittlerweile war mir aber auch klar geworden, dass ich diesen Arbeitsmarathon auf keinen Fall bis zu meiner Rente durchhalten könnte. Und so nahm ich mir vor, sollte der Chef mir am Abend noch einmal so eine Szene machen, ihm nahe zu legen, mir zu kündigen.

Gesagt, getan. Kaum war ich abends zur Arbeit erschienen und alle Gäste eingecheckt, fiel der Chef unvermittelt wieder über mich her. Ich saß vor dem Computer an der Rezeption, und er stand zornig und vor Wut bebend vor mir.

„Wenn Sie nicht in der Lage sind, eine kleine Maus zu entsorgen, dann kann ich Sie hier nicht als Nachtportier gebrauchen",

schrie er mich aus vollem Hals an. Es schien ihm egal zu sein, ob die Gäste es hörten.

Langsam stand ich auf, und da ich genau so groß war wie er selbst, konnte ich ihm direkt in seine Augen sehen. Ich hatte keine Angst vor ihm, denn er war im Unrecht, nicht ich selbst.

„Wenn Sie das wirklich glauben, Herr F., dann müssen Sie mir halt kündigen. Ich gehe sofort."

Das hatte er nicht erwartet.

„Nein, nein,"

stotterte er plötzlich ganz kleinlaut.

„So einfach gehen können Sie nicht. Die gesetzliche Kündigungsfrist müssen Sie schon einhalten. Darauf bestehe ich!"

„Einverstanden,"

antwortete ich kühl, setzte mich wieder vor den Computer und ignorierte ihn. Wie ein begossener Pudel stand er noch eine Weile neben mir, um sich dann zu entfernen und nach Hause zu fahren.

In dieser Nacht ging das Mäuschen erneut in die Falle, und ich entsorgte es. Leider hatte die Lebendfalle das arme Mäuschen so zerquetscht, dass ihm das Rückgrat gebrochen wurde und es nicht mehr laufen konnte. Nun lag es in der Wiese hinter dem Hotel und litt erbärmlich. Soviel über den Wert einer Lebendfalle für Tiere!

‚Hoffentlich kommt ganz schnell eine Katze vorbei und erlöst diese kleine Maus'

dachte ich mitfühlend. Ich selbst konnte das arme Mäuschen nicht von seinen Qualen erlösen. Es war mir unmöglich, dieses kleine Tier zu töten.

Am nächsten Morgen rief wie immer die Chefin an.

„Alles in Ordnung, Frau Schmidt?"

„Ja, alles in Ordnung Frau F. Das Mäuschen ist diese Nacht in die Falle gegangen, und ich habe es entsorgt."

Bevor ich weiter berichten konnte, zwitscherte die Chefin schon weiter:

„Wunderbar, Frau Schmidt, wunderbar. Wir sehen uns dann später."

Nachdem alle Gäste gefrühstückt und abgereist waren, deckte ich die Tische ab, räumte das Geschirr in die Spülmaschine, säuberte die Tische und deckte sie für neue Gäste ein und saugte den Teppichboden. Anschließend polierte ich das Besteckt und räumte alles weg. Ich musste immer wieder daran denken, dass ich nur noch einen Monat hier bleiben konnte, denn schließlich hatte mir der Chef ja am vorherigen Abend gekündigt.

Pünktlich erschien die Chefin, wie immer hektisch und nervös.

„Leider hat mein Mann entschieden, dass Sie bis zum Ende ihrer Tätigkeit bei uns als Zimmermädchen arbeiten werden. Also Frau Schmidt, wir sehen uns dann morgen früh um sechs Uhr wieder."

„Und wer macht die Arbeit als Nachtportier?"

Erstaunt sah ich sie an.

„Das wird mein Mann machen. So lange, bis wir einen neuen Portier gefunden haben."

Ich und Zimmermädchen? Ich wusste, das ging nicht. Mein Rücken war zu geschädigt, um diese schwere Arbeit ausführen zu können. Zudem hatte ich immer mehr Schwierigkeiten beim Atmen. Die meiste Bettwäsche wurde im Keller des Hotels von den Zimmermädchen selbst gewaschen. Der Keller war ein hohes Gewölbe. Die Zimmermädchen mussten die Bettwäsche aus den Zimmern, die im zweiten und dritten Stock lagen, in Körben hinunter, und nach der Wäsche wieder hinauf schleppen.

Ab und zu hatte ich ausgeholfen und bemerkt, dass ich dabei fast keine Luft mehr bekam und ich beim Treppen steigen immer wieder pausieren musste. Schon zu Hause war mir aufgefallen, dass ich beim Putzen oder Staub saugen immer wieder an Atemnot litt. Selbst wenn ich draußen eine kleinere Anhöhe hinauf gehen musste, hatte ich bemerkt, dass ich es ohne Atemnot nicht schaffte und immer öfter pausieren musste. Ich schrieb diesen Umstand meinem Alter zu, wusste aber noch nicht, dass es eine unheilbare Krankheit war, an der ich damals bereits litt.

So ging ich sofort nach Feierabend zu meinem Arzt, der mir aufgrund meiner bekannten Krankheitsgeschichte ein Attest ausstellte, in dem stand, dass ich die Arbeit als Zimmermädchen nicht ausführen könnte und schrieb mich krank.

Das hatte der Chef jetzt davon! Hätte er mich bis Ende des Monats, so lange dauerte meine Kündigungsfrist, noch als Nachtportier arbeiten lassen, hätte er eine gute Vollzeitkraft gehabt. Aber so musste er mich bezahlen und hatte nichts davon. Ausgleichende Gerechtigkeit für seine demütigende Art und Weise, mit Untergebenen umzugehen?

Ja, ich war mir sicher, dass er das verdient hatte!

Die Trinkgelder teilten die anderen Mitarbeiter am Ende des Jahres unter sich auf. Ich bekam nichts davon.

Kaum hatte ich diese Arbeit beendet, waren auch die Renovierungsarbeiten in dem Haus, in dem ich lebte, abgeschlossen und es herrschte wieder eine wunderbare Stille.

Ironie meines Schicksals!

Kapitel 5

Nun war ich wieder arbeitslos und mir war klar, mit mittlerweile Ende fünfzig würde es fast unmöglich sein, noch einmal eine Arbeitsstelle zu finden. Nicht, dass ich mutlos war, nein, aber ich machte mir auch keine Illusionen. Selbstverständlich hatte ich mich sofort bei der für mich zuständigen Bundesagentur für Arbeit in Nimmers als arbeitssuchend gemeldet.

„Sie wollen tatsächlich in ihrem Alter noch arbeiten?"

Eine völlig fassungslose Mitarbeiterin schaute mich an.

„Ja, natürlich. Ich bin doch nicht zu alt, um zu arbeiten."

Schlagartig wurde mir klar: doch, diese Dame hinter dem Schreibtisch hielt mich tatsächlich zu alt dafür. Bis zu diesem Zeitpunkt war mir überhaupt noch nicht in den Sinn gekommen, überhaupt alt zu sein.

„Aber bedenken Sie doch die Vorteile, die Sie in ihrem Alter haben, wenn Sie sich nicht mehr als Arbeitssuchende bei uns vorstellen."

Nein, mir war nicht bewusst, dass ich, wenn ich mich nicht mehr als Arbeitssuchende bei dem Arbeitsamt vorstelle, Vorteile genießen würde. Bisher hatte ich ja immer gearbeitet. So klärte die Dame mich dann auf, und ich erfuhr, dass ich, falls ich mich nicht auf die Liste derer, die noch arbeiten wollen, setzen lasse, künftig fünf Wochen im Jahr Urlaub machen könnte und ich nie mehr zu Vorstellungsgesprächen müsste und ich selbstverständlich auch keine Kopien meiner Bewerbungen mehr an das Arbeitsamt schicken müsste.

Mit anderen Worten: Diese Dame des Arbeitsamtes riet mir tatsächlich, mein Leben mit meinem Arbeitslosengeld einfach zu genießen und legte mir ein entsprechendes Formular vor, mit der Bitte, es zu unterschreiben.

Aber das wollte ich nicht. Ich konnte doch nicht auf Kosten von Anderen leben. Das erlaubte mir mein Ehrgefühl nicht, obwohl ich ja fast mein ganzes Leben jeden Monat in die Arbeitslosenkasse einbezahlt hatte. Da wusste ich aber noch nicht, dass, wenn das Arbeitsamt es wollte und um die Arbeitslosenzahlen zu verschönern, ihnen alles recht war, um die „Alten" zur Untätigkeit zu zwingen. Es war nicht genügend Arbeit vorhanden, um die vielen jungen Menschen zu beschäftigen, daher mussten sie die älteren Menschen ruhig stellen.

Man schickte mich auf eine Fortbildungsmaßnahme, einen Computerlehrgang, bei dem ich leider feststellen musste, dass meine Computerkenntnisse weit besser waren, als die unserer Lehrerin. Schon da bekam ich eine Vorstellung, wie die Steuergelder von der ARGE mutwillig verschleudert werden. Außerdem bekam ich fortan fast täglich Post von der Bundesarbeitsagentur mit Aufforderungen dieses und jenes zu tun, dies und das einzureichen so lange, bis ich aufgab und das Formular, das mir bei jedem Besuch des Arbeitsamtes vorgelegt wurde, mit der wiederholten Bitte es doch zu unterschreiben, endlich unterschrieb.

Nun war ich der Statistik nach nicht mehr arbeitssuchend. Schlagartig hatte ich Ruhe.

Aber selbstverständlich suchte ich trotzdem weiter nach Arbeit. Da man mir eine Telefonstimme nachsagte, bewarb ich mich auch auf eine Stelle als Telefonistin. Aber auch dort, wie bei allen anderen Firmen bei denen ich mich in Zukunft bewarb, bekam ich noch nicht einmal eine Antwort auf meine Bewerbung. Kein gutes Zeugnis für viele Firmen, doch was sollte ich machen?

In dieser Zeit bereitete mir meine Gesundheit mehr und mehr Sorgen. Bei meinen täglichen Spaziergängen bemerkte ich immer wieder, dass ich bei kleinen Anstrengungen wie eine steile Straße hinaufzugehen oder mit Jemandem Schritt zu halten, immer öfter an großer Atemnot litt. Gehen und Sprechen gleichzeitig war nicht mehr möglich. Entweder blieb ich stehen und sprach mit Bekannten, die ich bei solchen Ausflügen traf oder ich ging alleine weiter. Ich hatte das Gefühl, dass mir ein riesiges Gewicht auf meiner Brust die Luft zum Atmen nahm. Eine unbeschreibliche Enge im Brustkorb schnürte noch mehr Luft ab.

Nachdem auch meine Tante Annemarie mich zum wiederholten Male auf meine Atemnot hingewiesen hatte, besorgte ich mir endlich einen Untersuchungstermin bei meinem Hausarzt. Er überwies mich zu einem Internisten, der mich auf Herz und Nieren untersuchte und keinen Grund für meine Atemnot feststellen konnte. Erst der Besuch bei einem Lungenfacharzt brachte die furchtbare Diagnose: COPD. Unheilbar. Früher nannte man diese Krankheit Raucherlunge, da sie zumeist durch starkes Rauchen verursacht wurde. Ja, auch ich hatte geraucht, und erst Hank hatte es durch seine Fürsorge geschafft, dass ich damit aufhören konnte. Das lag jetzt einige Jahre zurück. Und nun diese Diagnose!

„Haben Sie die Patienten im Wartezimmer gesehen, die ein tragbares Sauerstoffgerät mit sich führen?"

Fragend sah der Arzt mich an.

Ich nickte, ja, die waren mir aufgefallen, und ich hatte sie insgeheim bemitleidet.

„In naher Zukunft werden auch Sie mit so einem Gerät leben müssen",

fuhr er ernst fort.

„Diese Krankheit ist so heimtückisch und leider unheilbar. Man kann eine Lungentransplantation vornehmen, aber die Warteliste ist lang."

Die Worte des Arztes drangen wie Pfeilspitzen an mein Gehör. Ich konnte und wollte diese Diagnose nicht wahrhaben.

Er verschrieb mir eine Arznei, die ich inhalieren musste.

„Es ist das Neueste, was derzeit auf dem Markt ist. Versuchen Sie es, vielleicht bringt es Ihnen ja etwas Linderung."

Und tatsächlich, mir ging es danach viel besser. Vielleicht konnte ich ja so das tragbare Sauerstoffgerät und eine eventuelle Lungentransplantation noch ein wenig hinaus zögern. Doch eines blieb und wird auch nie wieder vergehen: So wie ich mich etwas anstrenge, ist es, als ob ich einen zentnerschweren Betonstein auf meiner Brust habe, der mich langsam aber unaufhaltsam zerquetscht und mir so die Luft zum Atmen nimmt.

Als ich noch das Gymnasium besuchte, fand meine Deutschlehrerin, dass ich großes Talent zum Schreiben hätte, und sie sagte mir damals, dass ich dieses Talent nie ungenutzt lassen sollte. Daran hatte ich gedacht, als ich von einem meiner Spaziergänge zurückkam und hatte damit begonnen, ein Buch zu schreiben. Ein Buch über mein bisheriges Leben, das nicht unbedingt immer schön war, aber dadurch interessant. Auch bei einem seiner Anrufe hatte ich Hank davon erzählt.

„Wo endet dein Buch?"
fragte er.

„In einem Hotelzimmer in New York,"
antwortete ich etwas erstaunt.

Wieso stellte er gerade diese Frage? Ich war total überrascht.

„Nächste Woche habe ich wieder einen Flug nach Frankfurt. Darf ich dich besuchen?"

„Selbstverständlich Hank, du weißt doch, dass ich mich immer über einen Besuch von dir freue."

Wie meistens, wenn er Deutschlandflüge hatte, landete er in Frankfurt und kam mit dem Bus auf den Flughafen Hinkel.

Hank liebte mein Essen, und auch an diesem Tag wurde er nicht müde, immer wieder zu betonen, wie gut es ihm schmeckte. Ich brachte keinen Bissen hinunter. Ich liebte diesen Mann noch immer und es erfüllte mich mit tiefem Glück, ihm so nahe zu sein.

Nach dem Essen nahm Hank mich in seine Arme, und wir blieben lange Zeit einfach so stehen. Es war schön, es war einfach beglückend für mich, seine Nähe, seinen Atem, seine Wärme zu spüren. Seine Arme, die mich fest, aber nicht einengend, stark, aber nicht furchteinflößend, sondern einfach nur wundervoll beschützend umschlungen hielten. Wir sprachen lange miteinander, und es tat ungemein gut.

Später, als wir nebeneinander im Bett lagen, war er der zärtlichste und aufmerksamste Liebhaber, den eine Frau sich nur vorstellen kann. Immer ängstlich darum bemüht, mir keine Schmerzen zu bereiten. Hatte ich schon vorher geglaubt, ich könnte ihn nicht mehr lieben, als ich es bisher tat, so wurde meine Liebe zu ihm durch seine Zärtlichkeiten jetzt noch stärker.

„Ich liebe dich, oh my God I love you",

flüsterte ich ihm ins Ohr, als er erschöpft über mir zusammenbrach und in meinen Armen lag.

Ich war gewohnt, dass er nicht antwortete, wenn ich ihm sagte, dass ich ihn liebte. Dieses Mal hob er seinen Kopf, schaute mich an und ein kurzer Kuss von ihm huschte über meine Lippen. Nur wie ein Hauch, ein zärtlicher Kuss, der mich bis ins Innerste aufwühlte.

Wie sehr liebte ich diesen Mann!

Zwei Stunden später musste ich Hank wieder zum Flughafen fahren, denn das Flugzeug, das er mit zwei anderen Piloten zurück nach Amerika fliegen sollte, konnte nicht auf ihn warten. Auch die vielen Passagiere, die zurück nach den Vereinigten Staaten wollten oder mussten, hätten wohl kein Verständnis dafür aufgebracht, dass einer der Piloten erst seine amourösen Beziehungen in Ordnung bringen musste und sie deshalb warten sollten.

Mittlerweile wurde das Arbeitslosengeld nach und nach weniger, bis es sich dem Hartz-IV-Satz angepasst hatte. Trotzdem gab ich die Hoffnung nicht auf, bis dahin eine Arbeit gefunden zu haben. So verging die Zeit, und mittlerweile war ich 60 Jahre alt geworden. Falls ich nicht schnell Arbeit finden sollte, würde ich als Hartz-IV-Bezieherin mein Leben weiter fristen müssen. Die Schlagzeilen darüber machten mir Angst. Doch das Glück, noch einmal eine Anstellung in meinem Alter zu finden, erfüllte sich nicht, und so wurde ich eine von vielen Millionen Hartz-IV-Empfängern.
Von nun an würde ich von 345 Euro im Monat leben müssen.
Am meisten Sorge bereitete mir dabei meine Zusatzversicherung für die Rente. Sie alleine betrug ca. 120 Euro monatlich und ich wusste, ich würde sie mit dem regulären Hartz-IV-Satz nicht mehr bezahlen können. Ich benötigte dringend eine Arbeit, und wenn es nur ein kleiner Nebenjob wäre, der mir gerade so viel Geld einbringen würde, die monatlichen Beiträge meiner Rentenzusatzversicherung weiter zu bezahlen.
Ich hatte mich bei einer Firma beworben, um Zeitschriften auszutragen und erhielt den Job, 530 Mitteilungsblätter unserer Verbandsgemeinde einmal in der Woche zu verteilen. Frohgemut ging ich das erste Mal früh morgens los, um diese Mitteilungsblätter in unserem Ort zu verteilen. Es war Oktober, und ich trug meinen langen Mantel und einen dicken Schal, um mich vor dem kalten

Wind zu schützen. Wie naiv ich doch war. Zudem hatte ich alle 530 Mitteilungsblätter in einen kleinen Wagen gepackt, den ich hinter mir herzog.

Nachmittags, als nur noch etwa 20 Mitteilungsblätter zu verteilen waren, verließen mich meine Kräfte. Weinend stand ich vor einem Haus, zu dessen Briefkasten eine steile Treppe mit 26 Stufen führte. Ich konnte nicht mehr. Ich konnte diese Stufen nicht mehr hinaufgehen, ich hatte keine Kraft mehr. Ich hatte diese Krankheit COPD total unterschätzt. Die Atemnot, die mich beim Besteigen der vielen Treppen beschlich, nahm mir nach und nach alle Kraft. Meine Not beim Atmen war spürbar und laut hörbar. Ich keuchte mich die nächsten Stufen empor.

Anscheinend hatte mich die Bewohnerin des Hauses beobachtet, denn sie kam mir die Treppe herunter entgegen. Es war eine alte Frau, weit über 80 Jahre, die mich mitleidig ansah.

„Was ist los? Soll ich Ihnen ein Glas Wasser holen?"

„Nein, danke",

antwortete ich unter Tränen.

„Ich komme diese Stufen nicht mehr hoch. Ich bin seit heute Morgen um sechs Uhr unterwegs, und jetzt kann ich nicht mehr weiter gehen."

Die Tränen liefen mir die kalten Wangen hinunter.

„Kommen Sie",

sagte die alte Frau mitfühlend.

„Geben Sie mir die Zeitung. Ach was, geben Sie mir die Zeitungen für die restlichen Häuser in dieser Straße. Ich trage sie für Sie aus."

Ungläubig schaute ich sie an. Denn die restlichen Häuser dieser Straße hatten genau so viele steile Treppenstufen zu ihren Briefkästen, wie das Haus dieser alten Dame.

„Das macht mir wirklich nichts aus"

versicherte sie mir. Ich wusste, ich hatte keine Wahl, denn mein Körper versagte mir den Dienst. So gab ich dieser alten Frau die restlichen Zeitungen, bedankte mich und schleppte mich mühsam nach Hause.

Das Wägelchen, das ich immer noch hinter mir herzog, war jetzt zwar leer, wurde aber bei jedem Schritt, den ich tat, schwerer und schwerer, so, als ob es mit Steinen gefüllt wäre. Da mein Verteilerbezirk fast über das ganze Dorf verteilt war, mal hier eine Straße, mal da eine Straße und dann in dieser Ecke auch noch ein paar Häuser, dauerte es über eine Stunde, bis ich wieder zu Hause war, denn ich befand mich am äußersten Ende meines Verteilerbezirks, und der Heimweg bestand ausschließlich darin, bergauf zu gehen.

Zu Hause angekommen zog ich die viel zu schweren Sachen aus und legte mich hin. Aber mein Körper fand keine Ruhe, und es dauerte Stunden, bis ich endlich eingeschlafen war, und Tage, bis ich in der Lage war, mich normal und ohne Schmerzen zu bewegen.

Wie sehr hatte ich diese Arbeit unterschätzt!

Ich hatte zwischenzeitlich bemerkt, dass ich, wenn ich abends nach Sonnenuntergang spazieren ging, kaum Atemnot verspürte im Gegensatz zu tagsüber. Woran das lag, konnte mir kein Arzt erklären, aber es war so. Also trug ich von da ab die Zeitungen nachts aus, und aus der Erfahrung meiner ersten Tour heraus, trug ich nun eine warme Jacke und einen Rollkragenpullover darunter. Ohne den schweren Mantel und den dicken Schal, der mir zusätzlich die Luft zum Atmen genommen hatte, konnte ich die Zeitungen besser austragen. Zudem lud ich die Zeitungen in mein Auto und fuhr an bestimmte Stellen, von wo aus ich mir immer die notwendige Menge für die jeweiligen Straßen holte. So hatte ich nicht das Gewicht des Wägelchens hinter mir herzuziehen. Doch es fiel meinem Körper immer noch schwer.

Wie hatte ich ihn überschätzt!

Hatte ich gedacht, diese 530 Zeitungen mit Leichtigkeit auszutragen, so wurde mir langsam schmerzlich bewusst, dass man mit 60 Jahren neben der Krankheit COPD, auch Einschränkungen der Beweglichkeit hinnehmen muss.

Ich benötigte im Durchschnitt sechs Stunden, um meine Tour zu gehen. Je nach Anzahl des Beipacks, der Werbung, die ich selbst in die Zeitung einlegen musste, und der Schwere der Mitteilungsblätter, benötigte ich insgesamt bis zu zehn Stunden in der Nacht. Je mehr Beilagen dabei waren, umso mehr erhöhte sich das Gewicht der einzelnen Zeitungen und umso länger dauerte meine Tour, da ich nicht so viele auf einmal tragen konnte und öfter zum Auto zurück musste, um Nachschub zu holen.

Sicher, ich hätte auch mit dem Auto näher an die einzelnen Straßen fahren können, aber dann wurde es ja viel zu teuer, denn der Benzinpreis stieg und stieg. Dann hätte sich der ganze Aufwand überhaupt nicht gelohnt.

Lohnte er sich überhaupt?

So ging ich jeden Mittwoch in der Nacht meine lange Tour und merkte nach einiger Zeit, dass mein Körper mittendrin auf einmal schlapp machte und ich keinen Schritt mehr weitergehen konnte. Erst nachdem ich mich auf einer kalten Mauer oder auf eisigen Treppenstufen etwas ausgeruht hatte, konnte ich meine Tour fortsetzen. Unser Lebensmitteldiscounter im Ort hatte in der darauffolgenden Woche, nachdem ich wieder einmal über eine halbe Stunde auf den kalten Stufen eines Hauses neue Kraft geschöpft hatte, Traubenzucker-Tabletten im Sonderangebot. Obwohl ich eigentlich das Geld dafür nicht hatte, kaufte ich drei Packungen davon. Schon in der darauffolgenden Woche ließ ich eine der

Tabletten in meinem Mund vergehen, bevor ich meine Tour startete und packte mir vorsorglich zwei weitere in eine der Taschen meiner Jacke. Als sich dann im Laufe meiner Tour diese aufkommende Schlappheit anfing bemerkbar zu machen, lutschte ich schnell noch eine Tablette. Es war das erste Mal, dass ich meine Tour beendete, ohne mich zwischendrin ausruhen zu müssen.

Leider wurden die zu verteilenden Mitteilungsblätter nicht immer nachts angeliefert, aus welchen Gründen auch immer. Das bedeutete, dass ich die ganze Nacht auf war, um darauf zu warten, dass sie geliefert wurden. Es bedeutete aber auch, dass ich gezwungen war, sie tagsüber auszutragen, denn sie mussten bis spätestens 18 Uhr donnerstags verteilt sein. Dann war ich schon mindestens 30 Stunden auf den Beinen und es fiel mir sehr schwer.

Als ich wieder einmal dabei war, die Zeitungen am Tage auszutragen, hielt mich ein älterer Mann an und sagte zu mir:

„Du bist aber tief gesunken."

Es tat mir weh, so etwas zu hören. Denn insgeheim war ich stolz darauf, der ARGE und somit den Steuerzahlern, nicht allzu viel auf der Tasche zu liegen. Aber das ist halt so, trägt man Zeitungen aus, sinkt man in der Achtung mancher Menschen. Eigentlich sehr schade.

Um mich etwas abzulenken und um die Strapazen besser überstehen zu können, hatte ich mir angewöhnt, während meiner Tour von guten, aber leider vergangenen Zeiten zu träumen. Von den Reisen, die ich manches Mal alleine oder mit meiner Freundin Hannah unternommen hatte. Während einer bitterkalten Nacht, in der ich die wieder einmal die Mitteilungsblätter austragen musste, erinnerte ich mich an unsere gemeinsame Reise nach China. Auch dort war es bitterkalt gewesen, denn wir hatten die Reise für Dezember gebucht. An einem klaren Wintertag, die Sonne schien wolkenlos vom Himmel, hatten wir die große Chinesische Mauer bestiegen. Hannah lief leichten Fußes die vielen Stufen bis zum Gipfel des nächsten Berges hoch, während ich mit meiner Atemnot weit unten blieb und die Mauer bewunderte.

‚Was Menschen alles leisten können',

dachte ich voller Bewunderung, als ich diese Mauer betrachtete.

‚Und wie viele Menschen sind dabei gestorben',

dachte ich weiter. Nur weil es Machthaber gab, die diese Menschen rücksichtslos ausbeuteten. Eigentlich sollte ich froh sein, nicht damals gelebt zu haben.

Gedanken an diese Urlaube erleichterten mir meine Zeitungstour ungemein.

Eines Nachts, ich war dabei die Zeitungen auszutragen, bemerkte ich, dass mir ein Auto folgte. Erst war mir aufgefallen, dass es des Öfteren die Straße hoch und wieder runter fuhr. Es war eine lange Straße mit vielen Häusern. Nachdem der Fahrer dieses Autos bestimmt schon das fünfte oder sechste Mal an mir vorbei gefahren war und er immer langsamer fuhr, bekam ich es mit der Angst zu tun. An einem Haus, an dem eine Straßenlaterne die Treppe voll beleuchtete, stellte ich mich so hin, dass er erkennen konnte, dass ich eine alte Frau war. Ich hoffte, dass ihn das abschreckte und dass er mich in Ruhe ließ. Aber weit gefehlt! Er fuhr nun noch langsamer und ich hatte richtig Angst. Versteckte mich in dunklen Ecken zwischen zwei Häusern, was zu Folge hatte, dass er nun noch langsamer fuhr.

Mittlerweile hatte ich die Kreuzung erreicht, wo ich in einer Nebenstraße mein Auto geparkt hatte. Kurz nachdem dieses Auto wieder im Schneckentempo an der Stelle vorbei gefahren war, an der ich mich versteckt hatte, rannte ich so schnell ich konnte los. An meinem Auto angekommen zitterten mir die Knie und ich bekam kaum den Schlüssel in das Türschloss. Aufatmend ließ ich mich auf den Sitz fallen und verschloss die Tür des Wagens von innen. In dem Moment sah ich das Auto wieder. Noch langsamer als zuvor fuhr der Fahrer und ich konnte erkennen, dass er intensiv nach etwas suchte. Nach mir etwa?

Ich fuhr los und versuchte über Umwege zu meiner Wohnung zu kommen. Dann sah ich ihn wieder. Genau an der Kreuzung, an der ich zu der Straße abbiegen musste, in der ich wohnte. Es waren Zentimeter, die uns trennten, als ich an ihm vorbeifuhr und mein Herz klopfte so laut, dass ich Angst hatte, er würde es hören. Aber er sah mich nicht. Er starrte gebannt die Straße hinunter wo ich eigentlich, hätte ich die Zeitungen weiter ausgetragen, jeden Moment auftauchen müsste.

Kaum zu Hause angekommen, wählte ich mit schlotternden Knien und zitternden Fingern den Notruf der Polizei. Ganz genau hatte ich mir sein Gesicht eingeprägt und mir die Nummer des Kennzeichens seines Wagens gemerkt, ebenso den Autotyp. Der Polizist am Telefon riet mir, zu Hause zu bleiben, bis er sich wieder meldete. Es war ungefähr halb fünf Uhr morgens und ich wartete und dachte immer wieder an die angstvollen Momente zuvor.

Plötzlich klingelte es an meiner Wohnungstür. Ich erschrak fürchterlich. Wer war das, so früh am Morgen? An die Polizei dachte ich in diesem Moment überhaupt nicht.

„Hier ist die Polizei, bitte machen Sie auf Frau Schmidt."

Erleichtert öffnete ich die Tür und zwei Beamte kamen herein.

„Also, Frau Schmidt. Wir haben den Mann und Sie können jetzt beruhigt wieder Ihre Zeitungen austragen. In
dieser Nacht wird Ihnen bestimmt nichts passieren."
‚Die haben gut reden'
dachte ich, noch immer ängstlich und nicht wirklich
überzeugt davon, was die beiden Polizisten mir da sagten.
„Was hat er gesagt? Was wollte er?"
„Es tut uns leid, Frau Schmidt, aber darüber können und
dürfen wir nicht sprechen. Nur so viel, heute Nacht sind
Sie sicher. Auch wir werden jetzt öfter durch den Ort
fahren. Also Frau Schmidt, gehen Sie ruhig weiter ihre
Zeitungen austragen. Wir passen auf."
Und so ging ich tatsächlich wieder los und verteilte die
restlichen Mitteilungsblätter. Wohl war mir dabei nicht,
aber es stimmte, was die Polizisten zuvor gesagt hatten.
Sie fuhren tatsächlich des Öfteren langsam durch den
Ort und es beruhigte mich ungemein. Trotzdem war ich
froh, als alle Zeitungen verteilt waren und ich wieder zu
Hause war.

Hank rief noch immer ab und zu an, und meine Sehnsucht nach ihm war unbeschreiblich. Zwar hatte ich ihm
erzählt, dass ich von Hartz-IV lebte, aber er, als Amerikaner, konnte sich nichts darunter vorstellen. Zudem
wollte ich nicht, dass er wusste, wie schlecht es mir ging.
Ich wollte seine Liebe, aber nicht sein Mitleid. Als er
eines Tages anrief, um seinen Besuch für die nächste
Woche anzukündigen, beschlich mich leichte Panik,
denn er wollte genau am Mittwoch zu mir kommen,
genau an dem Tag, an dem ich nachts die Mitteilungsblätter austragen musste. Notgedrungen erzählte ich ihm
daher, dass ich diese Arbeit verrichtete. Hatte ich Angst,
dass er mich verachten würde, ob dieser Tätigkeit, so

musste ich erkennen, dass er mich im Gegenteil, dafür umso mehr achtete.

„Ich wollte schon immer Zeitungsjunge sein"
rief er gut gelaunt ins Telefon.

„Ich gehe einfach mit dir und helfe dir."
Nun freute ich mich noch mehr auf seinen Besuch. Aber ich musste auch mehr Geld für Lebensmittel ausgeben, als ich es mir eigentlich leisten konnte, denn selbstverständlich würde ich ihm ein leckeres Essen zubereiten. Aber es machte mir nichts aus, ich würde einfach in den nächsten Wochen noch mehr am Essen sparen, als ich es jetzt schon tat.

An dem Mittwoch, an dem Hank sein Kommen angesagt hatte, war ich wie immer, wenn ich ihn erwartete, aufgeregt und konnte es kaum erwarten, bis er endlich da war. Nachdem ich ihn am Flughafen Hinkel abgeholt hatte, fuhren wir nach Hause und machten es uns gemütlich. Es tat so gut, ihn wieder zu sehen, ihn zu spüren, mit ihm zu reden oder ihn einfach nur anzusehen, wie es ihm schmeckte, was ich für ihn zubereitet hatte. Sein Lachen zu hören und seine Stimme, die mir von seinen Unternehmungen zuhause und von seiner Mutter erzählte. Hank wollte bis zum nächsten Vormittag bleiben, um sein Flugzeug, das ihn in die Türkei bringen sollte, rechtzeitig zu erreichen.

Er wollte für einige Zeit Freunde in der Türkei besuchen. Es tat mir weh zu wissen, dass er sich Zeit nahm, diese Freunde zu besuchen, aber für mich immer nur ein paar Stunden übrig hatte. Trotzdem war ich unsagbar glücklich, als ich später in seinen Armen lag und mich ganz eng an ihn kuscheln konnte.

„Wie ist es nur, dass ich mit dir über alles reden kann?"
sinnierte Hank.

„Mit keinem anderen Menschen kann ich so gut über alles, was mich bewegt, sprechen. Du verstehst alles und lachst mich nicht aus."

Nein, warum sollte ich ihn auslachen? Ich liebte diesen Mann doch über alle Maßen und würde niemals über ihn oder über das, was er sagt, lachen. Mochte ich doch an ihm seine Klugheit und die Art, Dinge objektiv zu betrachten.

Er hatte mir einmal in einem solchen Moment erzählt, dass er unbedingt Vater werden wollte. Für mich brach damals eine Welt zusammen, denn ich konnte ihm keine Kinder mehr gebären und wusste von da an, dass er nie vorhatte, eine feste Bindung mit mir einzugehen. Aber ich lachte ihn auch nicht aus, sondern hörte ihm geduldig zu.

Ich liebte ihn einfach.

In dieser Nacht warteten wir beide ungeduldig auf die Mitteilungsblätter, die einfach nicht kamen. Es wurde später und später, und langsam mussten wir erkennen, dass es zu spät wurde, um sie gemeinsam zu verteilen. Als sie endlich geliefert wurden, war es schon fast drei Uhr am Morgen. Noch nie zuvor waren sie so spät angeliefert worden. Hank und ich begannen, den Beipack, der noch zusätzlich mitgeliefert worden war, in die Mitteilungsblätter einzulegen.

„Warum trägst du nicht schon welche aus, während ich den restlichen Beipack einsortiere?"

Hank sah mich fragend an.

„Dann haben wir später noch ein wenig Zeit füreinander."

Natürlich hatte Hank recht und so trug ich die ersten 150 Zeitungen aus, während er bei mir zuhause den restlichen Beipack in die Mitteilungsblätter sortierte. Nachdem ich die erste Ladung verteilt hatte, war es fast sechs Uhr. Ich fuhr nach Hause, duschte, weckte Hank, und wir frühstückten zusammen. Anschließend fuhr ich ihn zum Flughafen, damit er seinen Flug noch rechtzeitig bekam.

Wieder zuhause liefen mir dicke Tränen die Wangen hinunter. ‚Warum, warum nur?' dachte ich immer wieder. ‚Warum waren diese verdammten Mitteilungsblätter gerade in dieser Nacht so spät geliefert worden? Warum konnten sie nicht früher kommen, damit Hank und ich mehr Zeit füreinander gehabt hätten? Warum war es mir nicht vergönnt, einfach ein wenig Glück zu haben und zu empfinden und zu leben?'

Da kam Hank einmal im Jahr, um mich für ein paar Stunden zu besuchen, und genau an dem einzigen Tag in der Woche, an dem ich überhaupt keine Zeit hatte!

Und das alles nahm ich in Kauf, um meinen Hartz-IV-Satz ein wenig zu verbessern.

Kapitel 6

345 Euro hören sich nach sehr viel Geld an, aber wenn man davon leben muss, ist es sehr wenig. Ich fing an, an allem zu sparen und schränkte mich ein, wo ich nur konnte. Da ich schon immer ein genügsamer Mensch gewesen war, fiel es mir auch nicht sonderlich schwer. Was mir zu schaffen machte, war der Umstand, dass ich beim Einkauf für das Essen sparen musste. Denn mit diesen 345 Euro musste alles eingekauft werden. Nicht nur das Essen, sondern alles, was man für das Leben benötigte. Auch der Strom gehörte dazu. Die Miete und Heizkosten bezahlte die ARGE. Doch nicht die ganze Miete, aber davon später mehr.

Am teuersten war für mich der Unterhalt des Autos. Immer wieder hörte ich von Menschen, dass Hartz-IV-Empfängern kein Auto zusteht.
„Das haben die nicht verdient"
schallt es einem aus dem Fernseher und dem Radio entgegen. Selbst die Zeitungen machen davor nicht halt.
„Die liegen den ganzen Tag auf der faulen Haut. Schaffen nix und bekommen noch Geld dafür. Außerdem saufen sie den ganzen Tag."
So und so ähnlich schürten die Medien die Meinungen gegen uns Hartz-IV-Bezieher. Sie machten keinen Unterschied zwischen den Menschen, die faul sind und denen, die trotz Hartz-IV verzweifelt nach Arbeit suchen. Dass es diese faulen Menschen gibt, will ich ja gar nicht bestreiten, behaupte aber, wenn unsere Regierung endlich dafür sorgen würde, dass mehr Arbeit da wäre, dann gäbe es kaum so viele Menschen wie ich, die als Hartz-IV-Bezieher betitelt ihr Leben fristen müssen.

Fleißige Menschen, die daran verzweifeln, untätig herum sitzen zu müssen und das Gefühl haben, keine Aufgabe mehr zu haben, einfach nutzlos zu sein. Und was dann noch hinzu kommt ist die Angst, mit dem Geld nicht auszukommen und hungern zu müssen. Ja, hungern zu müssen in unserem reichen Deutschland.

„Warum gehen Sie nicht zur Tafel in Hochdom?"
fragte mich eines Tages eine nette Dorfbewohnerin.

„Dort bekommen Sie Lebensmittel, und als Alleinstehende müssen Sie nur 50 Cent dafür bezahlen. Dort können Sie einmal in der Woche hingehen und Sie bekommen sehr viel dafür."

Ich bedankte mich für ihren gut gemeinten Rat, konnte und wollte ihr aber nicht sagen, dass ich das Geld für das teure Benzin nicht hatte, um die 16 Kilometer zu dem Ort zu fahren, in dem es diese Tafel für Bedürftige gibt. Einer meiner Nachbarn, der dort arbeitete, brachte mir einige Wochen lang einen Karton voller Lebensmittel mit, aber da ich ein Auto besitze, durfte er mir nichts mehr mitbringen. Obwohl das Auto mit den freiwilligen Helfern, die die Lebensmittel an Bedürftige verteilte, die kein Auto besaßen, direkt an meiner Haustür vorbeifuhr, durfte der Fahrer nicht bei mir anhalten, um mir etwas zu geben, denn:

‚Autobesitzern ist es zuzumuten, selbst zur Tafel zu fahren!'

Aber ich war jeden Monat froh, wenn ich mir das Benzingeld für meine Zeitungstour abzweigen konnte. Da, wie schon erwähnt, meine Verteilertour fast durch den ganzen Ort geht, benötigte ich mein Auto, um wenigstens eine Anlaufstelle zu haben, um mir immer wieder Nachschub für meine Tour zu holen. Aus meinem kompletten Zusammenbruch bei meiner ersten Tour hatte ich die Lehre gezogen, nicht alle Zeitungen auf einmal mit mir in einem kleinen Wägelchen zu führen, sondern in mein Auto zu packen und dieses an bestimmten Stellen zu parken. Wie schon erwähnt, holte ich mir dann aus dem Auto jeweils die Anzahl der Zeitungen, die ich für die nächsten Straßen benötigte.

Dann eines Nachts, während ich wieder einmal auf meiner Zeitungstour war und gerade dabei war, eine Treppe hinunter zu steigen, fühlte ich einen ungeheuren Schmerz in meinem linken Knie. Doch ich hatte erst 30 Mitteilungsblätter verteilt und musste weiter. Es gab nämlich einen bestimmten Zeitraum, in dem die Mitteilungsblätter ausgeliefert sein mussten. Alle Austräger mussten diese Klausel in einem Vertrag unterschreiben. Obwohl mir schlecht war und ich fast ohnmächtig wurde vor Schmerzen, trug ich die restlichen 500 Zeitungen noch tapfer aus. Ich musste diesen Job unbedingt behalten, ich brauchte das Geld so dringend, um meine Zusatzrente weiter bezahlen zu können. Aber auch um mein Auto zu behalten, ohne das ich die Zeitungen nicht austragen konnte und ohne das ich meine Einkäufe in dem weit entfernten Supermarkt nicht hätte tätigen können.

Als ich morgens gegen acht Uhr endlich nach Hause kam, war zufällig mein Nachbar vor der Türe. Ihm habe ich es zu verdanken, dass ich es bis in meine Wohnung schaffte, wo ich zusammen brach. Bei der Röntgenuntersuchung ein paar Tage später stellte ein Arzt fest, dass etwas in meinem Knie gebrochen war. Ein sogenannter Ermüdungsbruch war aufgetreten, und der erfahrene Arzt verpasste mir einen speziellen Tape-Verband und zwei Krücken. Mit der Aufforderung:
„Bitte ruhig halten",
schickte er mich nach Hause. Ruhig halten? Ich musste doch die Mitteilungsblätter austragen. Ich benötigte dieses Geld doch so dringend.

„Wie soll ich mich denn ruhig verhalten?"
fragte ich ihn.
„Ich muss doch wöchentlich 530 Mitteilungsblätter verteilen."
Der Arzt schaute mich unverständlich an.
„Das weiß ich auch nicht. Müssen Sie halt mit nur einer Krücke gehen und mit der anderen Hand verteilen Sie die Zeitungen."
Ich merkte, dieser Arzt musste noch nie Zeitungen austragen, sonst hätte er mir diesen Rat wohl nicht gegeben. Denn mit welcher Hand ich die Zeitungen in die Briefkästen stecken sollte, sagte er mir nicht, er wusste genau, dass es keine dritte Hand gibt.
Zuhause angekommen, musste ich feststellen, dass eine der neuen Krücken defekt war und ich sie deshalb nicht benutzen konnte.

An einem der darauffolgenden Tage las ich eine Annonce in der Zeitung, in der eine Frau anbot, Schreibarbeiten jeglicher Art gegen Entgelt zu verrichten. Das war die Idee! Schneller als ich konnte kaum einer tippen und die Fehler, die ich dabei machte, hielten sich sehr in Grenzen. Außerdem war ich nicht nur gut in Deutsch, sondern auch perfekt in Englisch. Nach reiflicher Überlegung kam ich zu dem Schluss, selbst eine Annonce aufzugeben und mir damit ein wenig Geld zu verdienen. Aber was konnte und sollte ich für meine Schreibarbeiten verlangen?
Voller Hoffnung auf Hilfe rief ich bei der ARGE an, um herauszubekommen, was für Tätigkeiten dieser Art bezahlt wurde.
„Das kann ich Ihnen nicht sagen. Das weiß ich nicht, "
war die kühle Antwort.
„Und wer kann mir da weiterhelfen?"

Meine Hoffnung auf Hilfe schwand dahin. Wie konnte ich es auch wagen, jemanden von der ARGE mit so einer Frage zu belästigen!

„Rufen Sie doch die Telefonnummer von dieser Anzeige an und fragen Sie dort nach".

Ich konnte es nicht fassen. Als ob Diejenige, die die Annonce aufgegeben hatte, mir sagen würde, was sie für die einzelnen Seiten, die sie tippt, verlangt.

Trotzdem tat ich, was mir die Dame des Arbeitsamtes geraten hatte und rief frohen Mutes an. Doch die Dame, die das Telefon beantwortet hatte, schien meine Frage falsch verstanden zu haben.

„Wie groß ist der Umfang, ich meine wie viele Seiten in etwa wollen Sie getippt haben? Wie groß soll der Zeilenabstand sein? Ist es eine Doktorarbeit? Wenn ja, dann gibt es dafür eine besondere Berechnung."

„Nein, das ist es nicht, was ich wissen wollte. Ich habe mir überlegt selbst so etwas zu tun, so wie Sie, und hatte nun gehofft, dass Sie mir weiterhelfen würden."

Die Dame am anderen Ende des Telefons lachte laut auf. Ich schien sie mit meiner Frage sehr erheitert zu haben. Sie fürchtete wohl, dass ich eine Konkurrenz für ihr kleines Unternehmen werden könnte.

„Tut mir leid, aber darüber gebe ich Ihnen keine Auskunft."

„Und an wen kann ich mich wenden, um zu erfahren, was ich für meine Arbeit verlangen kann?"

„Rufen Sie doch einfach die Industrie- und Handwerkskammer (IHK) an Vielleicht erfahren Sie es ja dort."

Ich bedankte mich höflich und suchte sofort nach der Telefonnummer unserer zuständigen IHK. Leider war es schon Freitagnachmittag und ich konnte niemanden mehr dort erreichen. Das Wochenende verbrachte ich damit, von Aufträgen zu träumen und ich sah mich schon in Arbeit ersticken. Die Vorfreude war riesig und die Zeit verging quälend langsam.

Gleich am folgenden Montag rief ich noch einmal bei der IHK an und wurde mit einem Mitarbeiter verbunden. Auf meine Frage, wie viel ich für solche Tätigkeiten verlangen könnte, wusste er aber auch keine Antwort und leitete mich weiter an eine Kollegin. Aber auch diese war überfragt und so landete ich mittlerweile bei einem dritten Angestellten der IHK. Seine erste Frage war gleich: „Sind Sie Mitglied der IHK?"

Ich verneinte und erhielt sofort folgende Erklärung:

„Um Ihnen eine solche Auskunft erteilen zu können, müssen Sie erst einmal Mitglied bei uns sein. Ohne Mitgliedschaft kann ich es Ihnen nicht sagen."

„Gut, dann melde ich mich jetzt als Mitglied an."

Meine Naivität war grenzenlos.

„Das kostet Sie aber Geld, Mitglied bei uns zu werden."

Es war, als ob mir gerade ein Kübel mit eiskaltem Wasser über den Körper gegossen worden war.

„Und wie viel kostet es?"

„50 Euro."

Ich bedankte mich und legte den Hörer auf. Ich weiß im Nachhinein nicht mehr, ob er mir gesagt hatte, dass diese 50 Euro ein einmaliger Betrag wären oder ein monatlicher Beitrag oder gar ein jährlicher. Alleine der Betrag 50 Euro hatten die Euphorie in mir zusammen brechen lassen. Wo sollte ich denn 50 Euro hernehmen? Da saß ich nun, versuchte verzweifelt etwas zu tun, um aus der Arbeitslosigkeit zu entkommen, und bekam weder von der ARGE noch von der IHK Hilfe. Sie schienen kein Interesse zu haben, mir aus meiner Arbeitslosigkeit heraus zu helfen.

Einige Tage später fuhr ich zu der Beerdigung meines Patenonkels, der im Ruhrgebiet gelebt hatte und auch dort beerdigt wurde. Da ich mir das Benzin für die lange Fahrt dorthin nicht leisten konnte, nahm mich einer meiner Cousins in seinem Auto mit. Bei solchen Angelegenheiten traf man immer auf Verwandte, die man schon Jahre nicht mehr gesehen hatte. Natürlich erzählt man sich untereinander wie es einem geht und was man gerade so macht. Viele waren erschüttert, als sie erfuhren, dass ich von Hartz-IV leben musste. Ich erzählte von meinen verschiedenen aber aussichtslosen Bemühungen eine Anstellung zu finden und dass selbst die ARGE und die IHK kein Interesse daran zeigten, mich zu unterstützen. Zum Beispiel keine Antwort gaben auf die einfache Frage: Wie viel Geld kann ich für das Tippen einer einzelnen Seite verlangen?

„Du musst doch selbst wissen, was du wert bist",
rief einer meiner Cousins dazwischen.

„Ich weiß schon, was ich und meine Arbeit wert sind, aber was kann ich dafür verlangen? Das ist doch hier die Frage."

Darauf wussten auch meine Verwandten keine Antwort und zeigten sich entsetzt über die Teilnahmslosigkeit der ARGE und der IHK.

Dieses absolute „Nicht-helfen-wollen", diese totale „Ist-mir-doch-egal" Einstellung und diese grenzenlose „Interessenlosigkeit" dieser Institutionen einem Hartz-IV-Bezieher gegenüber schreien zum Himmel und daran müsste dringend etwas geändert werden!

Da meine Wohnung etwas größer ist, als sie für einen Hartz-IV-Bezieher sein durfte, hatte mir die ARGE zwischenzeitlich in einem neuen Bescheid die Miete gekürzt. Sofort legte ich Widerspruch gegen diesen Bescheid ein. Nachdem ich wochenlang nichts hörte, fragte ich bei der ARGE nach, woran es lag und musste erfahren, dass Frau Armmut , die für mich zuständige Sachbearbeiterin bei der ARGE, richtig heißt sie ja anders, aber ich nenne sie so, angeblich meinen Widerspruch gegen den Bescheid nicht erhalten hatte. Dadurch war mittlerweile die Einspruchszeit vorbei und ich musste mit der Entscheidung leben. Daher erhielt ich nun nicht mehr den vollen Hartz-IV-Satz, sondern viel weniger, und ich musste mir deshalb mit dem Zeitungsaustragen erst recht das nötige Geld verdienen. Es blieb mir nichts anderes übrig, als die Zeitungen weiter auszutragen. Ich schaffte es, aber nur mit Hilfe von sehr starken Schmerztabletten.

Natürlich verzögerte sich die Heilung dadurch und es schwächte meinen sowieso schon geschwächten Körper noch mehr. Denn durch den Umstand, dass ich weniger Geld zur Verfügung hatte als andere Hartz-IV-Empfänger, musste ich ja irgendwo sparen. Und ich sparte beim Essen. Durch längeres Schlafen morgens überging ich das Frühstück. Mittags erst frühstückte ich und abends aß ich dann wieder. Aber nicht etwa warmes Essen, nein, das würde ja bedeuten, dass ich Strom verbrauchen müsste. Und Strom war teuer, ich konnte ihn mir nur in Ausnahmefällen leisten. Wie zum Beispiel für das Waschen meiner Kleidung.

Man hatte vor einigen Jahren eine leichte Osteoporose bei mir diagnostiziert. Sie schien sich sehr verschlechtert zu haben. Zudem hatte ich festgestellt, dass mir meine dünnen Haare auch noch ausfielen. Bei jedem Waschen fand ich Hunderte davon im Waschbecken. Ob es an der schlechten Ernährung lag, die ich zwangsweise zu mir nahm, da mir das Geld für lebenswichtige Nahrungsmittel einfach fehlte?

Wenn ja, dachte ich, dann züchtet der Staat viele kranke Menschen, die ihm im Endeffekt sehr viel Geld kosten werden.

Was ich niemals für möglich gehalten hatte war nun eingetreten. Ich sparte auch beim Waschen meiner Kleidung, indem ich sie länger trug. Nicht mehr täglich wechselte ich meine Unterwäsche und meine Strümpfe, da ich mir das Waschpulver und den Strom für die Waschmaschine einfach nicht mehr leisten konnte. Auch meine Bettwäsche wechselte ich nicht mehr spätestens alle 14 Tage, sondern nur noch frühestens alle vier Wochen, um so Strom und Waschmittel zu sparen. Und eines Tages, als ich in den Spiegel in meinem Badezimmer schaute, schreckte ich vor meinem eigenen Aussehen zurück:

Die Frau, die mir da mit großen leeren Augen, schlechter Haut, strähnigen, fettigen und glanzlosen Haaren entgegenblickte, die sah ja aus wie Hartz-IV!

Ich erschrak zutiefst. Durch den Umstand, dass ich mir mein gutes Shampoo für meine leider viel zu dünnen Haare aus purem Geldmangel nicht mehr kaufen konnte, hingen diese jetzt farb-, glanz- und kraftlos herab. Sie sahen aus, als ob ich sie seit Wochen nicht mehr gewaschen hätte. Einen Frisör Besuch konnte ich ganz vergessen, denn als Hartz-IV-Empfängerin kann ich deren Preise nicht mehr bezahlen. Meine fast 80-jährige Tante Annemarie hatte mir angeboten, meine Haare zu schneiden, und ich hatte ihr Angebot dankbar angenommen. Ich wusch und föhnte meine Haare nur, wenn ich tagsüber unbedingt aus dem Haus gehen musste wie zum Beispiel zum Einkaufen oder zum Arztbesuch. Denn beim Föhnen benötigte ich Strom, und Strom war und ist teuer.

Unser Ministerpräsident hatte vor kurzem öffentlich erklärt, dass, wenn Hartz-IV-Bezieher einmal zu einem Frisör gingen, sie auch Arbeit finden würden.

Hallo?

Woher soll denn ein Hartz-IV-Empfänger das Geld für einen Frisör Besuch hernehmen? Das hat dieser ‚kluge' Ministerpräsident nicht gesagt! Aber medienwirksam war es für ihn bestimmt.

In einer Zeitschrift entdeckte ich die Annonce, in der eine Telefonstimme gesucht wurde. Sofort meldete ich mich und bekam die Stelle als Telefonmoderatorin. Pflichtbewusst wie ich nun einmal bin, rief ich bei der ARGE an, um ihnen diesen Umstand mitzuteilen. Ich sprach mit einem jungen Mann, der mir versicherte, es der mir zuständigen Mitarbeiterin, also Frau Armmut, mitzuteilen. Mehrfach wies ich ihn darauf hin, dass es sich dabei um einen Minijob handelte, der mir circa 100 bis 150 Euro Verdienst monatlich einbringen würde.

Was folgte war eine Albtraum. Als ich Anfang des nächsten Monats auf die Bank ging, um etwas Geld abzuholen, stellte ich mit Entsetzen fest, dass die Mitarbeiterin der ARGE, also Frau Armmut, mir kein Geld überwiesen hatte. Mein Konto war hoffnungslos überzogen, denn selbstverständlich war das Geld für die Miete und für meine Rentenzusatzversicherung schon von der Bank abgebucht worden. Sofort nachdem ich zu Hause angekommen war, rief ich bei der ARGE an, um nach dem Grund des Ausbleibens des mir zustehenden Geldes zu fragen.

Mittlerweile konnte man aber nicht mehr so einfach bei der ARGE anrufen, um mit seinem zuständigen Mitarbeiter zu sprechen. Nein, das würde ja den betreffenden Mitarbeiter zu sehr bei seiner/ihrer eigentlichen Aufgabe stören.

(Was war das denn nur? Was war nur seine/ihre Aufgabe? Sollte es nicht seine/ihre Aufgabe sein, mir zu helfen, für mich da zu sein? Mich zu unterstützen?)

Nein, plötzlich hatte meine zuständige Mitarbeiterin der ARGE eine teure 0180........ Nummer und so landete ich auf einmal bei einem Callcenter in Dresden. Dieser Callcenter Mitarbeiterin musste ich mein Anliegen vortragen, sie wiederum würde es an die für mich zuständige ARGE-Mitarbeiterin weiterleiten, und diese wiederum hatte dann zwei Tage Zeit, sich mit mir in Verbindung zu setzen.

Das Schlimme an der Sache mit dem Callcenter aber war, dass ich, bevor ich endlich mit der Dame im Callcenter sprechen konnte, erst einmal eine ganze Zeitlang in der Warteschleife verbringen musste, ehe sich jemand meldete. Das bedeutete, dass mein Anruf viel teurer war, als ein ganz normaler Anruf nach Nimmers, wo sich die ARGE befand.

Später sollte ich erfahren, dass man den Hartz-IV-Beziehern noch viel mehr zumuten konnte, als diese teuren Anrufe. Gerade so, als ob wir im Geld schwimmen würden.

Durch das wenige Essen geschwächt und durch den Umstand, dass mein Konto so weit überzogen war und ich nicht wusste warum die ARGE mir mein Geld vorenthielt, war ich völlig verzweifelt und fing sofort an zu weinen. Die Mitarbeiterin des Callcenters hatte Mitleid mit mir und wollte der zuständigen Mitarbeiterin der ARGE, also in meinem Fall Frau Armmut, übermitteln, dass sie sich bitte dringend bei mir melden sollte.

Diese Mitarbeiterin, in Anlehnung ihres richtigen Namens und aufgrund ihres weiteren Verhaltens nenne ich sie nur noch Frau Armmut, meldete sich tatsächlich telefonisch im Laufe des Nachmittags.

„Sie haben doch angerufen und mitgeteilt, dass Sie eine Arbeit gefunden haben. Wozu verlangen Sie jetzt noch ALG-II-Bezüge?"

Unangenehm und sehr kühl und reserviert klang die Stimme dieser Frau.

„Ich habe angerufen und gesagt, dass ich einen Minijob gefunden habe, der mir monatlich etwa 100 bis 150 Euro Verdienst einbringt. Zusammen mit dem Verteilen der Mitteilungsblätter habe ich dann ungefähr 200 Euro Verdienst im Monat. Genau weiß ich das aber noch nicht."

Wieder fing ich an zu weinen, was die Mitarbeiterin aber überhaupt nicht zur Kenntnis nahm.

„Dann kommen Sie hier vorbei und holen Sie sich einen Scheck ab."

Eiskalt war ihre Stimme.

„Ich habe kein Geld mehr und kein Benzin im Tank meines Autos, ich kann nicht zu Ihnen fahren."

„Dann kommen Sie doch mit dem Bus."

Sie fing an, sehr ungeduldig mit mir zu werden. Dabei war es ihre Schuld, dass ich kein Geld mehr hatte.

„Ich habe Ihnen doch gerade gesagt, dass ich kein Geld mehr habe. Wie soll ich denn eine Busfahrkarte kaufen?"

„Dann lassen Sie sich doch bringen. Wo ist denn das Problem?"

Noch heute, Jahre später, kann ich mich an den eiskalten Ton dieser Frau erinnern. Ihr war es scheinbar gleichgültig, dass sie einen anderen Menschen einfach hungern ließ. Ich erzählte ihr, dass ich einmal, während meiner Scheidung fast verhungert wäre und ich es nur einem glücklichen Umstand zu verdanken habe, dass ich überhaupt noch lebe. Ich erzählte ihr, wie stark die körperlichen Schmerzen sind, wenn man hungert. Ich erzählte ihr auch, dass ich alles dafür tun würde, nicht mehr hungern zu müssen.

Es interessierte sie überhaupt nicht.

Damals wusste ich noch nicht, dass es nicht das einzige Mal sein sollte, dass mir diese Frau das mir zustehende

Hartz-IV-Geld grundlos vorenthalten würde. Dass sie mich wissentlich hungern lassen würde. Da dachte ich das erste Mal:

Willkür oder Kalkül?

Denn in einem Zeitungsbericht hatte ich gelesen, dass man mit allen Mitteln versuchen würde, die älteren Arbeitslosen in die Rente zu zwingen, um so Geld zu sparen und die Arbeitslosen-Zahlen zu verschönern. Als ich das damals las, konnte ich nicht glauben, dass es das wirklich geben sollte.

Und nun war ich selbst ein Opfer dieser Politik.

Kapitel 7

Mein Körper machte nach all den Anstrengungen und Aufregungen der letzten Zeit schlapp, und mein Hausarzt überwies mich ins Krankenhaus. Endlich hatte ich wieder genug zu essen. Und ich hatte wieder warmes Essen, und es gab Fleisch. Ich konnte mich nicht erinnern, wann ich das letzte Mal ein Stück Fleisch gegessen hatte. Und zum Nachtisch wurde zweimal Obst serviert, mittags und abends, das ich mit Heißhunger verschlang. Wie oft hatte ich in unserem Discounter vor der Obsttheke gestanden, ohne dass ich mir die lecker aussehenden Äpfel oder Nektarinen hätte leisten können. Gut, dass ich nach drei Tagen wieder entlassen wurde, sonst hätte sich mein Körper wieder an drei regelmäßige Mahlzeiten pro Tag gewöhnt.

Sowie ich mich etwas besser fühlte, bestand ich darauf, aus dem Krankenhaus entlassen zu werden. Ich musste doch die Mitteilungsblätter austragen und dachte entsetzt:

‚wenn ich im Krankhaus liege, bekommt meine Tour vielleicht jemand anderes?'

Das konnte ich mir nicht leisten, ich musste pünktlich mittwochs abends zu Hause sein. Da es mir besser ging, erlaubten mir die Ärzte, das Krankenhaus mittwochs morgens zu verlassen.

Doch die Rechnung folgte prompt, denn pflichtbewusst wie ich nun einmal war, hatte ich Frau Armmut von der ARGE brav mitgeteilt, dass ich mich drei Tage stationär in einem Krankenhaus aufgehalten hatte. Sie kürzte mir meine Bezüge um fast 40 Euro. Ein Vermögen für eine Hartz-IV-Empfängerin wie mich. Dass einige Zeit später die Bundesregierung solch übereifrigen Bediensteten der ARGE Einhalt gebot, kam für mich zu spät.

Aber ich war nicht die Einzige, die unter den Schikanen der Behörde litt. Die Schlagzeilen, die durch die Presse gingen, machten mir Angst. Ich wollte alles versuchen, um doch noch der Hartz-IV-Falle zu entkommen.
Wie ich einer Zeitschrift entnahm, wurde einem Hartz-IV-Empfänger, der in die Reha musste, seine Zahlung um ein Drittel (121,45 Euro) gekürzt. Doch da muss ich sagen, reagierte das Bundessozialgericht und pfiff den übereifrigen Streichbeamten zurück.
Leider zu spät für mich, denn ich sah meine 40 Euro nie wieder. Obwohl die Behörde, in diesem Fall Frau Armmut, falsch gehandelt hatte, sah sie keinen Grund, mir die 40 Euro, die sie mir fälschlicherweise abgezogen hatte, nachträglich wieder auszuzahlen.

Noch ein anderer Fall machte Schlagzeilen in mehreren Zeitschriften: Als ihr ältester Sohn auszog, war die Wohnung für eine Hartz-IV-Bezieherin zu groß. Eine kleinere gab es aber nicht. Da fand die Mitarbeiterin der ARGE eine andere Lösung: Der Hartz-IV-Empfängerin wurde kurzerhand der Zutritt zu einem Zimmer verboten. Dadurch erreichte die Wohnung die erforderliche Größe, damit der Mietzuschuss weiter fließen konnte. Ein Raum steht nun leer. Doch dem Gesetz wurde Genüge getan. Da fragt man sich wirklich: Sind Paragrafen mächtiger als der Verstand?
Die Zeitungen überschlugen sich mit Berichten über allzu hartherzige Beamte der ARGE. So zum Beispiel der Fall einer Familie mit drei Kindern. Diese wollte eine 77 Quadratmeter große Wohnung beziehen. Die Miete ist im Rahmen. Doch das Gesetz sieht für eine fünfköpfige Familie 81 Quadratmeter vor. Also hat die Wohnung

vier Quadratmeter zu wenig. Der Umzug wurde von der zuständigen ARGE abgelehnt mit der Begründung: Die Wohnung ist zu klein. Zieht aber der älteste Sohn nicht mit ein, ist die Miete für vier zu hoch!

Was soll man da noch sagen?

Aber es geht noch weiter. Drei Wochen Urlaub dürfen wir Hartz-IV-Empfänger im Jahr machen. Das Abmelden auf keinen Fall vergessen, sonst gibt es Ärger! Doch Vorsicht ist in jedem Fall geboten. Wer tatsächlich in die Ferien fährt, gerät schnell in den Verdacht, die Reise durch Schwarzarbeit finanziert zu haben. Eine Einladung von einem Verwandten räumt diesen Verdacht zwar schnell aus dem Weg, doch auch sie ruft übereifrige ARGE-Angestellte auf den Plan. Ein Beispiel von einem Bekannten von mir: Er wurde von seinem netten Bruder zu einer Woche mit Vollpension eingeladen. Prompt kürzte ihm die zuständige ARGE seine Bezüge.

Noch ein Fall, der für Aufregung sorgte und in der Presse publiziert wurde: Eine Hartz-IV-Bezieherin, die eine behinderte Tochter hatte, gewann in einer TV-Sendung 64.000 Euro. Geld, das die Gewinnerin gut für ihre querschnittsgelähmte Tochter hätte brauchen können. Doch Gewinne, auch Lottogewinne, werden angerechnet. Was ja nachvollziehbar ist, aber nicht in ihrem Fall. Ein Schock für die Frau, denn die ARGE wollte das ganze Geld auf ihre Hartz-IV-Bezüge anrechnen. Doch durch die bundesweite Veröffentlichung ihres Falles durch die Presse lenkte die Bundesarbeitsagentur ein. Die Frau durfte ihre Wohnung behindertengerecht umbauen. Der Rest wurde angerechnet.

Kinder sind sowieso die Leidtragenden. Über zwei Millionen leben in Deutschland in Armut. Sie können nichts dafür, dass ihre Eltern Hartz-IV beziehen. Einer Mutter wurden 250 Euro Begrüßungsgeld gestrichen, die sie von der Stadt zur Geburt ihres Kindes erhalten hatte. Dieses Geld wurde ihr von der ARGE als Einnahme abgezogen. Erst als ihr Fall durch die Presse ging, erhielt sie das Geld doch noch.

Oder die Geschichte eines kleinen Mädchens, das in der Zeitung von seinen Träumen, Sehnsüchten und seiner Zukunftsangst erzählte. Als ein Rentner dies las, spendete er ihm spontan 250 Euro Taschengeld. Er wollte dem Mädchen ein wenig Luft zum Atmen geben, in dieser gerade für Kinder oft ungerechten Welt. Nach einer anonymen Anzeige wurde ihrer alleinerziehenden Mutter Hartz-IV um 250 Euro gekürzt. Der Rentner beschwerte sich daraufhin bei einem einflussreichen Politiker. Erst danach lenkte die ARGE ein.
Und jetzt hat die Regierung beschlossen, da sie dringend Geld benötigt, um den Staatshaushalt zu sanieren, den Hartz-IV-Empfänger die Bezüge zu kürzen. Nein, nicht den Grundbetrag, sondern an den Heizkosten und dem Kinderzuschuss soll gespart werden.

Wie erbärmlich!

Ahnt unsere Kanzlerin vielleicht, dass sie nicht mehr lange im Amt bleiben wird, spürt sie, dass ihre Tage gezählt sind? Ist das der Grund, warum sie so vehement darauf besteht, die Ärmsten der Armen zu schröpfen und die Reichen zu schonen?
Selbst die Reichen begehren jetzt auf und bieten freiwillig an, höhere Steuern zu zahlen. Aber die Kanzlerin

bleibt stur. Nein, das viele Geld von den Reichen will sie nicht, sie will das bisschen Geld von den Armen.

Da ist man einfach sprachlos!

Dann sah ich mir eines Abends eine Sendung im Fernsehen an, in der Sozialfahnder Hartz-IV-Empfänger ausspähten, die unter Verdacht standen, zu arbeiten und trotzdem Hartz-IV zu beziehen. Ein furchtbarer Gedanke, so bespitzelt zu werden, aber sicherlich notwendig. Doch dann zeigten sie diese beiden Fahnder in der Türkei, wo sie nach einer Wohnung suchten, die eine türkische Hartz-IV-Bezieherin angeblich besaß. Aber diese Wohnung war nicht auffindbar, die angebliche Adresse gab es nicht, und die Suche wurde erfolglos beendet.
Was mich an dieser Sache so maßlos ärgert ist der Umstand, dass gleich zwei Sozialfahnder unsere Steuergelder verprassten, denn hätten sie ihre Recherche gründlich von Deutschland aus geführt, hätten sie erfahren, dass eine solche Adresse in der Türkei nicht existiert. Auf Kosten aller Steuerzahler besuchten die beiden Fahnder einen Basar, wo sie fleißig Andenken von ihrer schönen Reise einkauften und anschließend ließen sie es sich in ihrem Hotel gut gehen. Und das alles vor laufenden Kameras. Die Serie wurde danach eingestellt. Es gab wohl eine große Anzahl von Menschen, die genau so dachten wie ich und erfolgreich dagegen protestierten.
Heute sieht man einen der Fahnder, eine Frau, regelmäßig im Fernsehen. Im Gegensatz zu früher hilft sie nun medienwirksam Hartz-IV-Empfängern, die so wie ich, von der ARGE und einigen ihrer Angestellten menschenverachtend behandelt werden.

Was mich wirklich fassungslos macht ist der Umstand, dass ich und alle anderen Menschen, die leider auf Hartz-IV angewiesen sind, mit dem Namen eines verurteilen Veruntreuers angesprochen werden. Nämlich: ‚Ihr Hartz-IV-Empfänger'.

Dieser Mann, ein gewisser Herr Hartz, der sicherlich niemals in seinem Leben einen Haushalt führen musste und so auch keine, auch nicht die geringste Ahnung davon hat, was man monatlich mindestens haben muss, um zu überleben, hatte die Deutsche Bundesregierung beauftragt, einen Betrag zu bestimmen, den ein Mensch zum Überleben benötigt. Er hatte genug Geld und hat trotzdem den Hals nicht voll genug bekommen. Er hat sich widerrechtlich verhalten, und wir ehrbaren Menschen müssen mit seinem Namen leben. Im Gegensatz zu ihm, habe ich mein Geld immer ehrlich verdient.

Ein Hohn!

Nun war ich aus dem Krankenhaus entlassen und fühlte mich genau so elend wie zuvor. Es war ein sehr kalter Winter, und es fiel mir immer schwerer, die vielen Mitteilungsblätter auszutragen. An meinen Winterstiefeln war das Profil kaum noch zu erkennen. Sie waren sehr preiswert gewesen, aber dicht waren sie nicht. Der Schnee drang ein, und so hatte ich immer nasse und eiskalte Füße. Aber mir fehlte das Geld, um neue Winterstiefel zu kaufen.

Bei einer meiner Zeitungstouren war ich zweimal kurz hintereinander auf dem glatten Eis ausgerutscht und bin jedes Mal auf meinem Hinterkopf aufgeschlagen. Trotz der Schmerzen war ich weiter gegangen, denn ich benötigte das Geld so dringend. Und dann, zwei Wochen später, während ich die Zeitungen austrug, machte sich langsam ein stetig wachsender Schmerz unterhalb meines rechten Knöchels breit. Je länger meine Tour dauerte, umso größer wurde der Schmerz an meinem Fuß. Aber ich wollte und konnte nicht aufhören, denn die Zeitungen mussten verteilt werden. Erst zuhause sah ich den Grund des Schmerzes. Als ich die Stiefel auszog, war die rechte Socke voller Blut. Die Stiefel, die ich trug, hatte ich für nur knapp 12 Euro in dem Discounter in unserem Ort erstanden. Und nun war der Schaft des rechten Stiefels durchgebrochen und hatte bei jedem Schritt, den ich machte, meinen Fuß genau unterhalb des Knöchels mehr und mehr aufgescheuert bis er blutete.

Aber ich hatte kein Geld, um mir neue Stiefel zu kaufen. Diese mussten noch bis zum Ende des Winters reichen. Wieder saß ich in meiner leider etwas zu großen Wohnung und weinte. Wie nur sollte ich dies alles schaffen? Wann endlich kam mir jemand zu Hilfe? In der darauffolgenden Woche verband ich meinen rechten Fuß dick mit Verbänden und ging so auf Tour.

Um meine Tätigkeit als Zeitungsbotin ausüben zu können, benötigte ich mein Auto, denn mein Verteilerbezirk lag sehr weit auseinander. Aber um die Versicherung und die Steuern des Autos bezahlen zu können, benötigte ich den Verdienst aus der Verteilung der Zeitungen. Ein Kreislauf, der sich eigentlich nicht bezahlt machte. Trotzdem zog ich jede Woche aufs Neue los, um mir wenigstens das kleine Gefühl zu geben, noch gebraucht zu werden und daher noch etwas wert zu sein. Außer für das Zeitungsaustragen und für meine Einkäufe in unserem Supermarkt, der am anderen Ende des Ortes lag, benutzte ich mein Auto nicht mehr. Der Benzinpreis war zwischenzeitlich derart in die Höhe geschnellt, dass ich mir sonstige Fahrten absolut nicht mehr leisten konnte. Doch ich hatte ja noch meinen Job als Telefonmoderatorin. Um ihn ausüben zu können, musste ich mich bei der

Kreisverwaltung als Selbständige anmelden. Unzählige Formulare kamen anschließend von der Industrie- und Handelskammer auf mich zu. Am liebsten hätte ich den Job schon gleich wieder gekündigt, aber ich verdiente, Dank meines Fleißes, so viel Geld damit, dass ich schon bald, nachdem ich damit begonnen hatte, einen Teil meines Grundbedarfs von damals 345 Euro verdiente. Der Staat musste mir nun nicht mehr die ganze Miete und Heizkosten bezahlen.

Es machte mich schon stolz, dass ich das in meinem Alter noch erreicht hatte. Schimpften doch alle über die faulen Hartz-IV-Bezieher, die angeblich den ganzen Tag vor dem Fernseher saßen und nichts taten. Auch ich schlief bis mittags, aber nur, weil ich die ganze Nacht gearbeitet hatte. Aber das sehen die Menschen ja nicht. Natürlich gibt es auch die Menschen, die nichts arbeiten und trotzdem bis zum Mittag oder noch länger in ihren Betten liegen. Das will ich ja gar nicht bestreiten. Aber nicht alle sind so! Und das ärgerte mich, nämlich, dass alle Hartz-IV-Empfänger über einen Kamm geschoren wurden:

‚Die sind faul und dumm'!

Was die Menschen zudem nicht sehen ist der Umstand, dass man mit 345 Euro monatlich kaum leben kann. Denn die Kosten für Strom gehen in meinem Fall noch davon ab. Daher habe ich von allen elektrischen Geräten, außer Kühlschrank und Gefrierschrank, die Stecker aus der Steckdose gezogen. Ich hatte in einem Fernsehbericht gesehen, dass, selbst wenn die Geräte ausgeschaltet waren, einige der älteren noch Strom aus der Leitung ziehen. Es ist für mich schon ein automatisierter Vorgang, dass, wenn ich zum Beispiel meine Mikrowelle benutzte, sofort nach Beendigung des Aufwärmvorganges den Stecker aus der Steckdose zog, genauso, nachdem ich die Waschmaschine ausgeschaltet hatte und noch bevor ich die gewaschene Wäsche aus der Maschine heraus holte, um bloß keinen einzigen Cent an Strom zu vergeuden.

Auch den Fernseher schaltete ich nicht nur aus, sondern zog den Stecker, sobald ich den Stand-by Knopf ausgeschaltet hatte und selbstverständlich war der Stecker von der Brotschneidemaschine auch nur eingesteckt, solange ich das Brot am Schneiden war.

Wir Hartz-IV-Bezieher hatten eine kleine Aufstockung unserer Bezüge erhalten. Wir bekamen statt 354 Euro nun monatlich 351 Euro. Da mir aber schon länger weniger Geld für meine Miete ausbezahlt wurde, bedeutet diese Erhöhung, dass ich nicht 351 Euro monatlich zum Leben hatte, sondern gerade mal etwas über 300 Euro. Ich hatte erneut einen Bescheid erhalten, indem Frau Armmut die Miete nochmals gekürzt hatte. Sofort habe ich einen Widerspruch gegen den Bescheid eingelegt. Lange hörte ich nichts und als ich endlich nachfragte, teilte mir Frau Armmut kalt mit, dass sie angeblich auch diesen Widerspruch gegen ihren Bescheid angeblich nie bekommen hätte. Ich konnte auch einige Monate danach immer noch nicht glauben, wieso eine Mitarbeiterin der ARGE diese Frau Armmut, einfach behaupten konnte, der Widerspruch wäre nicht bei ihr eingegangen? Ich musste deshalb seit Monaten mit der zum zweiten Mal gekürzten Miete und somit noch weniger Geld auskommen.

Willkür oder Kalkül?

Der Winter war, Gott sei Dank, fast vorbei, und ich trug immer noch die Zeitungen aus und arbeitete gleichzeitig als Telefonmoderatorin. Ich hatte mir angewöhnt, noch mehr am Essen zu sparen, denn ich wollte weiterhin meinen monatlichen Beitrag zur Zusatzrente bezahlen. Als ich 1968 heiratete, machte ich den Fehler, den damals Tausende von Frauen machten, ich ließ mir meinen bis dahin angefallenen Rentenanteil ausbezahlen. Zwischenzeitlich hatte ich aber schon wieder über 30 Jahre einbezahlt, doch ich wollte unbedingt, dass ich später von meiner Rente leben konnte und nicht dann noch auf Sozialhilfe angewiesen sein müsste. Leider lief der Telefonjob im Moment nicht mehr so gut, und ich verdiente nicht mehr so viel, dass mein Hartz-IV-Satz gedeckt war. Daher blieben mir zum Leben genau 302,89 Euro monatlich.

Von diesen 302,89 Euro bezahlte ich die Beiträge für meine Zusatzrentenversicherung, die private Haftpflichtversicherung, Hausratversicherung, Autoversicherung, Strom und einmal jährlich die Steuern für mein Auto. Da blieb nicht viel übrig zum Leben. Daher war ich froh über jeden Cent, den ich bei dem Zeitungsaustragen und bei meiner Arbeit als Telefonmoderatorin verdiente. Meistens hatte ich dabei wenigstens so viel verdient, dass ich den Beitrag für die Zusatzrentenversicherung damit abdecken konnte.

Außerdem hatte ich meine Heißhungerattacken auf Fleisch derart im Griff, dass ich, wenn ich mir abends ein Brot machte, dieses nicht mit Margarine (Butter? Was ist Butter noch einmal?) bestrich, sondern eine Scheibe Dauerwurst direkt auf das Brot legte. Nein, nicht wie Sie jetzt vielleicht meinen, eine ganze Scheibe Dauerwurst auf eine Scheibe Brot.

Das wäre ja Verschwendung!

Ich schnitt diese Scheibe Brot in sechs kleinere Stücke, und auf diese Stücke legte ich jeweils ein kleines Stückchen der Dauerwurstscheibe. Gerade so viel, dass ich es schmeckte. Und so reichte eine Scheibe Dauerwurst, wenn ich die Stückchen sehr klein schnitt, für mindestens drei Scheiben Brot. Auch hatte ich meine Brotschneidemaschine so eingestellt, dass jede einzelne Scheibe dünn war und ich daher mehr Scheiben von einem Brot bekam.

Mit Käse ginge es noch besser. Da reichte dann eine Scheibe für mindestens neun Brotschnitte, also drei Abendessen. So kaufte ich einmal im Monat eine Packung Dauerwurst und im nächsten Monat eine Packung Käse. Das reichte meistens aus für jeweils einen Monat. Sollte ich doch einmal mehr gegessen haben, dann schmeckte auch Brot ganz dünn mit Margarine bestrichen.

Das war dann mein Abendessen.

Ich wollte meinem Körper suggerieren, sieh mal, ich gebe dir doch lebenswichtige Nährstoffe, also halte durch!

Aber mein Körper ließ sich nicht betrügen.

Sie glauben, ich erzähle hier irgendwelche Märchen? Glauben Sie mir, ich habe gehungert, um diese Hartz-IV-Zeit zu überleben.

Plötzlich trat etwas ein, was ich mir nicht erklären konnte. Niemals in meinem ganzen bisherigen Leben hatte ich mir etwas aus Süßigkeiten gemacht, und nun auf einmal verlangte mein Körper nach Süßem. Auf dem Geburtstag meiner Tante Annemarie im Februar gab es wie immer mehrere verschiedene Torten und jeder wusste, dass ich mir nichts aus Kuchen machte. Umso erstaunter waren alle, als ich auf einmal drei Stück davon aß. Wie sollte ich ihnen erklären, warum ich so plötzlich und mit Heißhunger diese Torten aß? Ich wusste doch selbst nicht, warum es so war.

Ich beschloss, zu meinem Arzt zu gehen, um mir Blut abnehmen zu lassen und es auf eine mögliche Diabetes hin untersuchen zu lassen. Die medizinisch-technische Assistentin stach mir in meinen Finger, und schon kurze Zeit später zeigte sich das Resultat. Alles war in Ordnung, keine Diabetes. Ich war beruhigt.

Aber es gab noch etwas anderes, dass mich verwunderte und worüber ich anfing, mir Sorgen zu machen. Immer häufiger bekam ich bei Spaziergängen Schwächeanfälle. Plötzlich und ohne Vorwarnung waren sie da, eben noch schritt ich munter die Straße entlang, und plötzlich musste ich stehen bleiben, weil der Schwächeanfall meinen ganzen Körper befallen hatte. Erst nach einer Weile konnte ich weiter gehen, Schritt für Schritt und ganz langsam trat ich dann jedes Mal den Heimweg an und war froh, sofort nachdem ich dort angekommen war, mich auf die Couch legen zu können, um meinem Körper Zeit zu geben, sich zu schonen und wieder zu Kräften zu kommen..

Was war das auf einmal? Was passierte mit mir? Sollte es wirklich sein, dass ich durch das wenige Essen so geschwächt war, dass ich noch nicht einmal mehr spazieren gehen konnte? Einen anderen Grund dafür konnte ich mir nicht vorstellen. Das erste Mal, als ich so einen Schwächeanfall gespürt hatte, war nachts beim Zeitungsaustragen, und ich führte es auf die große Belastung durch das viele Treppensteigen zurück. Aber so, aus heiterem Himmel? Sollte es noch einmal vorkommen, würde ich zum Arzt gehen, nahm ich mir fest vor.

Doch nicht nur die zunehmenden Schwächeanfälle bereiteten mir in dieser Zeit Sorgen. Auch der Umstand, dass meine Motivation mehr und mehr nachließ, gab mir zu denken. Ich konnte den ganzen Tag auf meiner

Couch sitzen und mich nicht dazu aufraffen, die nötigen Hausarbeiten zu erledigen. Es fehlte mir einfach die Kraft dazu. Erneut ging ich zum Arzt, und er ordnete eine Blutuntersuchung an, die ergab, dass meine Schilddrüse nicht mehr richtig funktionierte, also eine Unterfunktion vorlag. Zudem diagnostizierte er eine zunehmende Depression, hervorgerufen durch die täglichen Sorgen, die mich belasteten. Daraufhin verschrieb mir der Arzt Tabletten, die wirklich nach ein paar Monaten dazu führten, dass ich meine Motivation allmählich wieder erlangte und in der Lage war, meine Hausarbeit und andere Dinge des täglichen Lebens zu verrichten.

Leider verursachten die Tabletten gegen die Depression eine starke Müdigkeit, sodass ich mich kaum auf den Beinen halten konnte. Daher nahm ich sie nur noch abends ein, was zur Folge hatte, dass ich endlich wieder durchschlafen konnte. In den letzten Monaten hatte ich jede Nacht schlimme Albträume, die durch die täglichen Sorgen hervorgerufen wurden. Mehrfach wachte ich dann auf und fühlte mich daher morgens wie gerädert. Noch vor kurzem hinderten mich die sorgenvollen Gedanken und Ängste stundenlang daran, endlich einzuschlafen, und durch die Einnahme der Tabletten verkürzte sich die Einschlafphase sehr, und auch die Albträume verringerten sich zunehmend.

Was aber blieb, waren die häufigen Schwächeanfälle, die ich, und das stand nach der Untersuchung bei meinem Arzt fest, nur dem Umstand zu verdanken hatte, dass ich nicht genügend zu essen hatte. Nicht nur, dass ich nicht genügend zu essen hatte, nein, das Wenige, das ich hatte, war auch noch ungesund und machte zudem dick. Denn ich hatte festgestellt, dass, nachdem ich meine obligatorischen Scheiben Brot mit dem wenigen Belag abends gegessen hatte, immer noch ein großes Hungergefühl übrig blieb. Durch Zufall hatte ich herausgefunden, dass dieses Hungergefühl verschwand, wenn ich nach den Scheiben Brot etwas Süßes zu mir nahm. So hatte ich mir angewöhnt, abends etwas Süßes zum Verschließen meines Magens zu essen.

Doch nicht nur das Süße trug dazu bei, dass ich kontinuierlich dicker wurde, nein, auch die Medizin, die ich täglich einnehmen musste, hatte einen großen Anteil daran.

Ein ganzes Jahr lang hatte ich eisern Cent für Cent auf die Seite gelegt, denn die TÜV-Untersuchung für mein altes Auto stand bevor. Schon Tage vorher machte ich mir Sorgen, ob mein treues Gefährt es wohl schaffen würde, den TÜV-Prüfer von seiner Fahrtauglichkeit zu überzeugen. Allzu große Hoffnungen machte ich mir aber nicht, denn meine Bremsen funktionierten nicht mehr so richtig.

Und, als ob ich es heraufbeschworen hätte, fiel mein kleines Auto bei der Untersuchung durch.

„Erst müssen die Bremsen repariert werden, dann können Sie zu einer erneuten Prüfung vorbei kommen" meinte der junge TÜV-Prüfer sachlich.

Der Angestellte der Werkstatt, in der die TÜV-Untersuchung stattfand, wusste von meinen finanziellen Problemen.

„Ich rechne mal kurz aus, was da in etwa auf Sie zukommt, Moment bitte."

Völlig niedergeschlagen und wie unter Schock, glitten meine Finger über mein Auto. Es begleitete mich nun schon seit über zehn Jahren, und bisher musste es nur ein einziges Mal zur Reparatur.

„Ja, Frau Schmidt, also 200 Euro müssen Sie schon für die Reparatur ausgeben. Damit müssen Sie ganz bestimmt rechnen."

Der Kfz-Meister des Betriebes schaute mich mitfühlend an, wusste er doch, dass ich das Geld nicht hatte, aber dass ich auf dieses Auto angewiesen war.

Obwohl ich mich schämte, konnte ich nicht verhindern, dass mir die Tränen über die Wangen liefen.

„Ich spreche einmal kurz mit der Chefin. Vielleicht ist Sie ja mit Ratenzahlungen einverstanden? In Ordnung, Frau Schmidt?"

Ich nickte.

„Danke."

Ratenzahlungen, woher sollte ich die denn nehmen? Ich kämpfte doch auch schon so um mein tägliches Überleben. Aber es schien der einzige Ausweg zu sein, denn ich benötigte dieses Auto so dringend.

„Sie hat ja gesagt, Frau Schmidt. Soll ich das Auto reparieren?"

Ich konnte nur noch nicken, denn der Kloß in meinem Hals war übermächtig geworden. Von da an aß ich noch weniger und sparte noch mehr. Und von da an war mein Konto überzogen.

Auf dem Nachhauseweg dachte ich mit Schrecken an meine Waschmaschine zu Hause. Sie war schon weit über zwanzig Jahre alt. Noch funktionierte sie reibungslos, aber was sollte ich machen, wenn sie kaputt ging? Wenn sie mir ihre Dienste verweigerte? Woher sollte ich dann das Geld für eine Reparatur nehmen? Panik überfiel mich und das Gefühl, dass alles über mir zusammenbrach.

Jetzt konnte ich auch verstehen, warum so viele Hartz-IV-Empfänger in der Schuldenfalle saßen. Einmal das Konto überzogen und man kam nicht mehr heraus. Ich hätte nie geglaubt, dass es so schnell passieren könnte. Erst als es mir so erging, wie den vielen anderen Hartz-IV-Beziehern, merkte ich, dass man noch nicht einmal unnütz Geld für etwas ausgeben musste, um in diese Falle zu tappen.

Gut, dass ich mir in meiner Zeit als Chefsekretärin einen großen Kleiderfundus angelegt hatte. So benötigte ich wenigstens keine neuen Kleider oder Mäntel für den Winter. Nur die Schuhe machten mir Sorgen, denn fast alle waren alt und verschlissen und drohten auseinander zu fallen. Viele waren nicht mehr dicht, und wenn es regnete, hatte ich regelmäßig nasse Füße. Da ich jedoch immer seltener das Haus verließ, außer wenn ich zum Einkaufen oder Zeitungsaustragen ging, war es nicht so schlimm.

Zuhause lief ich nur noch im Jogginganzug herum. Erstens war es sehr bequem und zweitens konnte ich so meine restliche Kleidung schonen.

‚Wie die Hartz-IV Menschen, die sie ab und zu im Fernsehen zeigen'

dachte ich erschrocken.

‚Die sieht man auch immer in ihren Jogging Anzügen auf der Couch sitzen.'

Aber vielleicht taten es diese Menschen aus demselben Grund wie ich es tat?

Früher bin ich ab und zu in ein Theater gefahren oder auch mal in ein Konzert oder in ein Kino, aber das war jetzt unmöglich. Als Hartz-IV-Bezieher verlor man jeden Kontakt zu kulturellen Aufführungen. Die hat Herr Hartz, als er dieses Gesetz erfand, nicht mit einbezogen. Oder vielleicht hatte er gedacht, dass Menschen, die nicht arbeiten, so etwas auch nicht verdienen?

‚Vielleicht weil er selbst kein Interesse an der Kultur hat?'

Natürlich, eine reine Spekulation von meiner Seite, aber sie darf mir wohl erlaubt sein.

Gott sei Dank hatte ich meine Freundin Hannah, die

mich mit Büchern versorgte, so dass ich wenigstens geistig noch nicht verkümmern musste. Außerdem schrieb ich weiter an meinem Buch, was mich ein wenig von meinen damaligen Sorgen ablenkte.

Manchmal musste ich an meine vielen Reisen denken, die ich schon durchgeführt hatte. Amerika, Russland, China, Zypern und, und, und........ Da war jetzt nicht mehr daran zu denken, obwohl wir Hartz-IV-Bezieher doch tatsächlich ein Anrecht auf drei Wochen Urlaub im Jahre haben. Nur, von was wir Urlaubsreisen bezahlen sollen, das sagte uns niemand.

Aber insgeheim dachte ich mir, ich arbeite nicht, also muss ich auch nicht in Urlaub fahren und daher waren diese drei Wochen Urlaub, die der Gesetzesgeber für uns vorgesehen hatte, für mich nicht wichtig. Doch wenn ich an die vielen Familien mit ihren Kindern dachte, sah die ganze Sache schon etwas anders aus. Nur, woher sollte ein Hartz-IV-Vater das Geld für eine Urlaubsreise hernehmen? Oder etwa eine alleinerziehende Mutter?

Kapitel 8

Es wurde Mai und die Formulare zur erneuten Antragsstellung für Hartz-IV kamen mit der Post. Alle sechs
Monate musste man seinen Antrag erneuern und mehrere Formulare ausfüllen. Es lag dabei in dem Ermessen
des zuständigen Sachbearbeiters, welche Formulare
man nur einmal im Jahr oder welche man zweimal im
Jahr auszufüllen hatte. Ich musste immer alle Formulare
mindestens zweimal ausfüllen und alle dazugehörigen
Kopien auch zwei Mal machen. Aber da Frau Armmut
wohl keinen Überblick über das hatte, was sie tat, verlangte sie von mir diese Unterlagen mindestens noch
einmal. Warum? Ich wusste es nicht.

Willkür oder Kalkül?

Dann kam in diesem Jahr noch hinzu, dass meine
Sachbearbeiterin, sie erinnern sich, ich nenne sie Frau
Armmut, diese ausgefüllten Formulare angeblich nicht
bekommen hatte und sie diese insgesamt vier Mal von
mir verlangte. Das bedeutete für mich, vier Mal Kopien
machen von mindestens jeweils 12 Seiten. Die Kosten
musste natürlich ich tragen, denn ich war verantwortlich
dafür, dass alle Dokumente eingereicht wurden. Wenn
nun die Sachbearbeiterin, wie in meinem Fall, Frau
Armmut, es für nötig befand, mir meine Dokumente vier
Mal abzuverlangen, dann hatte ich keine Chance und
musste es tun, denn ich war ja zur Mitarbeit verpflichtet!

Willkür oder Kalkül?

Was mich in diesem besagten Jahr Ende Juni etwas beunruhigte, war der Umstand, dass ich noch keinen Bescheid von der ARGE erhalten hatte. Er kam sonst meistens in der Mitte des Monats. Ich machte mir noch keine allzu großen Sorgen, denn ich war immer noch damit beschäftigt, meinen Telefonjob auszuüben und meine Zeitungen auszutragen und an meinem Buch weiter zu schreiben.

Am 3. Juli desselben Jahres kam ein Schreiben eben jener besagten Frau Armmut mit der Aufforderung, beiliegende Formulare auszufüllen. Erst danach könnte sie über meinen Hartz-IV-Antrag entscheiden. Ich saß auf meiner Couch, und die Tränen liefen mir über meine Wangen. Über einen Monat hatte diese Frau auf meinem ausgefüllten Antrag gesessen, um mir dann, als das Geld schon längst auf meinem Konto sein sollte, zusätzliche Formulare zum Ausfüllen zu schicken.

Ich war mir jetzt sicher, sie hatte es absichtlich getan, denn es war inzwischen das zweite Mal, dass sie mir, das mir rechtlich zustehende, Hartz-IV-Geld widerrechtlich vorenthielt!

Gut, dass ich damals noch nicht wusste, dass es auch nicht das letzte Mal gewesen sein sollte, dass sie mir das Geld verspätet auszahlte.

Willkür oder Kalkül?

Ich musste daran denken, was ich einmal in einer großen Zeitung gelesen hatte, nämlich, dass man die älteren Hartz-IV-Bezieher mit Gewalt in die Rente zwingen will. Sollte das wirklich stimmen, würde es das Verhalten dieser Frau Armmut erklären.

Um die zusätzlichen Formulare, die mir Frau Armmut zugesandt hatte, ausfüllen zu können, benötigte ich die Hilfe eines Steuerberaters. Er verlangte genau 107,10

Euro für seine Arbeit. Geld, das ich eigentlich gar nicht hatte. Aber nur mit seiner Hilfe konnte ich diese zusätzlichen Formulare innerhalb von drei Tagen an Frau Armmut zurückschicken. Die Schuldenfalle zog immer weitere Kreise und das Minus auf meinem Konto wurde größer und größer. Trotzdem kam das mir zustehende Geld erst Mitte Juli auf mein Konto. Konnte diese Frau überhaupt nachts noch ruhig schlafen? Hatte sie denn überhaupt kein Gewissen?

Dass es solche Menschen gibt, ist mir ein Rätsel. Und wie so oft in den letzten Monaten beschlich mich das Gefühl, ist das nun:

Willkür oder Kalkül?

Ich kann einfach nicht glauben, dass man mich in meinem eigenen Heimatland so behandelt. Wie viele Millionen andere Menschen habe auch ich maßgeblich mit meinen Steuergeldern dazu beigetragen, dass aus Deutschland wieder ein blühendes Land wird. Dass es nach dem unsäglichen Krieg wieder aufwärts ging mit der Konjunktur und nun werde ich behandelt wie jemand, der erst seit kurzer Zeit hier lebt, nie Steuern bezahlt hat und nichts zu dem Aufbau unseres Landes beigetragen hat. Wie jemand, der laut in der Presse kundtut, nichts tun zu wollen und auch noch stolz darauf ist und es als selbstverständlich ansieht, dass unsere Regierung ihn mit unseren Steuergeldern durchfüttert, quasi am Leben hält. Warum? Dass Beamte willkürlich handeln kennt man von anderen Ländern, in denen Bestechung an der Tagesordnung ist. Aber doch nicht von unseren Beamten. Was geht hier vor?

Willkür oder Kalkül?

Mein überzogenes Konto nagte an meinen Nerven und ich war nur noch ein Nervenbündel. Bestimmt hatte mein Zustand auch etwas damit zu tun, dass ich jede Nacht, selbst Samstags und Sonntags, am Telefon arbeitete und nicht richtig und regelmäßig aß. Wie auch, ich hatte kein Geld, um mir das Essen kaufen zu können, das meinen Körper fit und gesund gehalten hätte. Eines Tages klappte ich zusammen und landete wieder für einige Tage im Krankenhaus. Dieses Mal zog mir Frau Armmut kein Geld ab, aber die Ärzte hatten mich überzeugt, dass es besser für mich und meine Gesundheit wäre, wenn ich den Telefonjob aufgeben würde. Was ich schweren Herzens dann auch tat.

Nun hatte ich nur noch die Arbeit als Zeitungsausträgerin, obwohl ich immer wieder nach Vollzeitjobs in den Annoncen der Zeitungen suchte. Trotz meines Alters hatte ich die Hoffnung darauf noch nicht ganz aufgegeben. Mit dem Zeitungsaustragen verdiente ich so ungefähr zwischen 80 und 120 Euro monatlich, je nach Beilagen. Da ich kein Geld mehr als Telefonmoderatorin verdiente, ging es mir nun noch schlechter als zuvor.

Es ist schon ein Hohn, dass man für eine Zeitung, die im Auftrag der Verbandsgemeinde hergestellt und verteilt wird, nur einen Hungerlohn von 0,0307 Euro (gleich 3 Cent) pro verteilter Zeitung erhält. Enthält die Zeitung eine Beilage, erhöht sich der Lohn um sage und schreibe 0,0051 Euro (gleich einem halben Cent). Muss man aber die Beilage selbst in die Zeitung befördern, also einlegen, dann erhöht sich dieser Betrag um 0,0102 Euro (gleich 1 Cent). Und dafür lief ich zwischen sechs und sieben Stunden in der Nacht.

Auch aufgrund der Tatsache, dass ich einen Ermüdungsbruch in meinem Knie erlitten hatte, riet mir mein Arzt, die Anzahl der auszutragenden Zeitungen zu verringern. Ich fand einen Kollegen, der nur 230 Zeitungen austrug und übergab ihm mein Gebiet mit den Häusern, die die meisten Treppenstufen hatten. Es waren insgesamt 120 Zeitungen, die er nun mehr austrug und ich weniger hatte. Er war glücklich, etwas mehr zu verdienen und ich war glücklich, diese Stufen nicht mehr gehen zu müssen. Ihm machten die Stufen weniger aus, war er doch erheblich jünger als ich. Was ich vermisste war aber das Geld, das ich so dringend benötigte, um zu überleben.

Es wurde November und Zeit, den Hartz-IV-Antrag wieder einmal neu zu stellen. Sofort nach Erhalt der Formulare füllte ich diese aus, machte alle notwenigen Kopien und schickte alles sofort zurück an die ARGE, an Frau Armmut. Wie nicht anders erwartet, verlangte sie nach einiger Zeit alle Kopien erneut, ohne Begründung, einfach so.

Freunde hatten mir geraten, eine Dienstaufsichtsbeschwerde gegen Frau Armmut einzureichen. Bisher hatte ich nicht die Kraft gehabt, dieses zu tun. Aber ich wusste, so konnte es nicht weitergehen mit dieser Mitarbeiterin der ARGE. Mittlerweile war die ARGE in Hochdom angesiedelt worden, etwa 16 kam von meinem Heimatort entfernt und daher etwas näher als Nimmers. Ich musste sowieso nach Hochdom, da ich einen neuen Ausweis benötigte und ging an diesem Morgen auch zur ARGE, um mir den Namen des zuständigen Leiters der Agentur geben zu lassen, um zu wissen, an wen ich die Dienstaufsichtsbeschwerde schicken sollte. Telefonisch landete man ja noch immer in irgendeinem Callcenter irgendwo in Deutschland und ich wollte nicht, dass Frau Armmut vorzeitig davon erfuhr.

Die Dame am Empfang war sehr nett und hilfsbereit. Natürlich bemerkte sie meine seelische Verfassung, denn sofort liefen mir die Tränen die Wangen hinunter.

Ich konnte sie einfach nicht aufhalten, sie liefen von alleine.

„Warten Sie einmal, Frau Schmidt",

tröstete sie mich.

„Ich rufe mal den Chef von Frau Armmut an",

(so nenne nur ich sie natürlich, in Wirklichkeit hat sie ja einen anderen Namen).

Was die hilfsbereite Dame augenblicklich tat, und schon nach drei Minuten war ich im Zimmer des Vorgesetzten von Frau Armmut.

Ich berichtete ihm ausführlich, was sich Frau Armmut mir gegenüber bisher herausgenommen hatte, z.B. dass sie mir zwei Mal das zuständige Hartz-IV-Geld widerrechtlich vorenthalten hatte, angeblich meine Widersprüche nicht erhalten hatte und dass sie mir erst nach unzähligen Kopien und somit Mehrkosten meinerseits, meine Bescheide zukommen ließ. Er versicherte mir, dass er dafür Sorge tragen würde, dass sich das alles in Zukunft nie mehr zutragen würde und ich das mir zustehende Hartz-IV-Geld immer pünktlich erhalten würde. Er bat mich darum, keine Dienstaufsichtsbeschwerde einzureichen. Was ich dann auch nicht tat.

Was ich zu diesem Zeitpunkt aber nicht wusste war, dass er schon in kürzester Zeit seine Dienststelle wechseln würde und somit Frau Armmut einen neuen Vorgesetzten bekam. Die Schikanen gingen ungehindert weiter und erreichten mit der Zeit ein ungeahntes Ausmaß.

Beruhigt durch das Gespräch mit dem Vorgesetzten dieser Frau Armmut, fuhr ich nach Hause zurück. Tatsächlich erhielt ich einige Tage später meinen Bescheid für die nächsten sechs Monate.

Eine Frage beschäftigte mich dennoch, doch ich hatte sie dem Vorgesetzten nicht vorgetragen: Bestrafte mich Frau Armmut dafür, dass ich arbeitete und sie daher wegen mir mehr Arbeit hatte? Wäre es ihr vielleicht lieber, wenn ich nicht arbeiten würde und sie nicht jeden Monat meine Verdienstbescheinigung bearbeiten und immer wieder Neuberechnungen durchführen müsste, wenn ich über 100 Euro verdiente? Es kam mir fast so vor.

Ach ja, das hatte ich ja vergessen zu erwähnen. Wenn man dann tatsächlich das Glück hatte, so wie ich, als Hartz-IV-Bezieherin ein paar Cent dazu zu verdienen, dann fängt der Bürokratenapparat ja erst an zu laufen. Denn nicht nur, dass ich jeden Monat eine Verdienstbescheinigung an die ARGE schicken musste, nein, eine Kopie des Kontoauszugs mit der entsprechenden Überweisung musste auch noch dazu.

Man merkte, dass ein verurteilter Veruntreuer diesen ganzen Hartz-IV-Unsinn erarbeitet hatte. Geht man von Seiten der ARGE doch schon von vornherein davon aus, dass betrogen wird. Also, dass die Angaben auf der Verdienstbescheinigung nicht mit den Angaben auf der Überweisung übereinstimmen.

Muss ich wirklich noch mehr dazu sagen?

Nach dem Gespräch mit dem Vorgesetzten von Frau Armmut lief eine Weile alles reibungslos. Jeden Monat schickte ich brav eine Kopie meiner Verdienstbescheinigung und eine Kopie des dazugehörigen Kontoauszugs meiner Bank an die ARGE. Wir Hartz-IV-Empfänger haben sogar eine kleine Erhöhung unserer Bezüge erhalten und bekommen nun 359 Euro im Monat. Was bei mir aber kaum in die Waagschale fällt, da meine Wohnung immer noch zu groß ist und ich dafür Abzüge kassiere.

Kapitel 9

Und kaum war ein halbes Jahr vorüber, kamen schon die neuen Antragsformulare für die nächsten sechs Monate Hartz-IV. Ich füllte sie so schnell wie möglich aus und, wie sollte es auch anders sein, hatte sich Frau Armmut auch dieses Mal eine neue Schikane ausgedacht.

Jetzt auf einmal forderte sie mich auf, ihr den aktuellen Rückkaufwert sowie die bisher eingezahlten Beiträge für meine Lebensversicherung zuzusenden, ansonsten könnte sie nicht über meinen Antrag entscheiden.

Hallo?

Ich hatte noch nie in meinem Leben eine Lebensversicherung und werde auch keine mehr abschließen. Diese Frau tat alles, um meinen Hartz-IV-Antrag hinauszuzögern, um mir so das mir rechtlich zustehende Geld zu verweigern. Und keiner tut etwas dagegen!

Willkür oder Kalkül?

Kaum hatte ich dieses Hindernis genommen, kam wirklich für mich

„der Hammer des Jahrtausends".

Ich hatte doch tatsächlich in einem der darauffolgenden Monate mit dem Austragen der Zeitungen 102,68 Euro verdient. Unstrittig ist die Tatsache, dass ein Hartz-IV-Empfänger einhundert Euro abzugsfrei verdienen darf. Alles was über 100 Euro liegt, wird prozentual verrechnet. Macht ja alles eigentlich Sinn, oder?

Nun, entscheiden Sie bitte selbst, was Sie von der jetzt folgenden Sache halten.

Also, ich hatte doch tatsächlich 2,68 Euro mehr verdient, als ich abzugsfrei haben dürfte. Daher stellte Frau Armmut eine Neuberechnung meiner Hartz-IV-Bezüge auf. Was ja in Ordnung ist. Muss sie schließlich machen. Aber was dann folgte war der reine Wahnsinn, oder war es wieder einmal:

Willkür oder Kalkül?

Ich verdiente
Mehrverdienst
Davon 20 % für mich
Die restlichen 80 % verbleiben dem Staat

Sie schickte mir die Neuberechnung mitsamt der Angabe, dass ich von nun an jeden Monat 2,14 Euro abgezogen bekommen würde. Sollte ich im folgenden Monat keine 2,14 Euro mehr verdienen, würde sie mir wieder eine Neuberechnung zukommen lassen.
Ich war fassungslos. Diese Frau Armmut wusste ganz genau aus den vorhergegangenen Monaten, dass ich ganz selten über 100 Euro verdiente. Da ich mittlerweile leidvoll erfahren musste, dass man mit ihr nicht „reden" kann, schrieb ich einen Brief an unseren Ministerpräsidenten. Bitte lesen Sie, was ich ihm damals schrieb:

„Sehr geehrter Herr Ministerpräsident,

vertrauensvoll wende ich mich an Sie mit der großen Hoffnung, dass Sie etwas bewegen können und werden.

Im beiliegenden o.a. Bescheid der ARGE können Sie ersehen, dass ich im Monat April 102,68 Euro für das Austragen von wöchentlich 410 Mitteilungsblättern der Gemeinde verdient habe. Das sind 2,68 Euro mehr, als der Freibetrag in Höhe von 100,00 Euro, der mir ohne Abzug zusteht. Ab 100,00 Euro stehen mir nur noch 20% des verdienten Lohnes zu. Das sind in diesem Fall von 2,68 Euro kümmerliche 0,54 Euro. Der Rest in Höhe von 2,14 Euro wird mit meinem ALG-II Bezug für den Monat Mai verrechnet. Aber damit nicht genug. Frau ......, ARGE ......, hat auch gleich in Aussicht gestellt, dass ich für den Monat Juni diesen Betrag abgezogen bekomme (siehe Anlage), obwohl sie doch aus jahrelanger Erfahrung mit meinem Gehalt wissen müsste, dass ich selten über 100,00 Euro monatlich verdiene. Sie überweist mir also für den Monat Juni 2,14 Euro weniger, als mir zustehen. Was dann natürlich wieder durch eine Neuberechnung usw. reguliert werden muss.

Es ist einfach unglaublich, dass für diese 2,14 Euro ein Aufwand betrieben wird, der in keiner Verhältnismäßigkeit zu Realität und Nutzen steht.

1.   Das Porto des Briefes, in dem mir die Neuberechnung meiner ALG-II Bezüge zugestellt wurde, beträgt alleine 0,55 Euro. Natürlich kommen die Kosten des Briefumschlages noch hinzu.
2.   Die Neuberechnung meiner ALG-II Bezüge wurde auf fünf (5) Seiten ausgedruckt.

Alleine die Kosten dafür betragen schon jetzt mehr als 2,14 Euro. Nur für die Druckerschwärze, das Papier nicht mitgerechnet.

3. Die Arbeitszeit der Sachbearbeiterin, die meine Bezüge neu berechnen musste. Die Kosten dafür sind mir nicht bekannt, dürften aber die 2,14 Euro bei weitem übersteigen.

4. Die gleichen Kosten für Porto, Umschlag, Papier, Druckerschwärze und Arbeitszeit der Sachbearbeiterin fallen dann auch wieder im Juni an, da ich in diesem Monat unter 100,00 Euro verdient habe und alles wieder neu berechnet werden muss.

Herr Ministerpräsident, es ist mir klar, dass eine Grenze gezogen werden muss. Aber sagt einem nicht der gesunde Menschenverstand, dass in diesem Fall der eingenommene Betrag in Höhe von 2,14 Euro in keiner Relation zur Ausgabe steht und dass der Staat dabei Geld verliert? Und ich bin bestimmt kein Einzelfall. Ich möchte nicht wissen, wie viel Geld der Staat durch solche Unüberlegtheiten monatlich verliert.

Die Grenze 100,00 Euro finde ich zudem zu niedrig und neigt außerdem dazu, viele andere ALG-II Empfänger von einer Tätigkeit abzuhalten. Man sollte eine Grenze ziehen, aber der Nutzen für den Staat muss gewährleistet sein und nicht, wie in meinem akuten Fall dazu führen, dass er Geld investieren muss. Das ist bestimmt nicht in Ihrem Sinne. In meinem außerdem auch nicht.

Im Juni werde ich 62 Jahre alt. Ich leide an der Krankheit COPD, diese furchtbare Krankheit, die einem die Luft zum Atmen nimmt und die unheilbar ist. Daher kann ich die Mitteilungsblätter nur nachts austragen, da ich tagsüber dabei ersticken würde. Sie sehen also, Herr Ministerpräsident, nicht alle ALG-IV-Empfänger sind faul und alkoholkrank. Aber in meinem Alter noch eine Stelle zu finden, ist utopisch, und trotzdem gebe ich nicht auf. Ich hatte vor einigen Jahren, als ich noch als Sekretärin auf dem Flughafen Hinkel arbeitete, die große Freude, eine Ihrer Reden bei der Einführung einer neuen türkischen Fluggesellschaft ins Englische zu übersetzen. Sie wurde mir telefonisch aus Ihrem Auto heraus diktiert, da man es versäumt hatte, sie schon vorher zu übersetzen. ......"

„Warum Herr Ministerpräsident werden wir „Alten", wir, die wir das ganze Leben gearbeitet haben und wie in meinem Fall, durch widrige Umstände gezwungen waren, ihre Arbeit aufzugeben, im ALG-II Fall genau so eingestuft, wie ein junger Mensch, der noch nie in seinem ganzen Leben gearbeitet hat und es auch noch zugibt, keine große Lust dazu zu verspüren? Das und die Tatsache, dass man uns unbestraft mit dem Namen eines Betrügers betiteln darf, nämlich Hartz-IV-Empfänger, empfinde ich als größtes Unrecht. Finden Sie das gerecht? Haben wir das verdient? Nicht nur, dass ich fast mein ganzes Leben gearbeitet habe, ich habe auch noch so ganz nebenbei zwei Söhne geboren und groß gezogen.

Gerne würde ich einmal zum Frisör gehen und mir eine neue Frisur zulegen. Aber Herr Ministerpräsident, wovon soll ich das bezahlen? Von dem ALG-II Betrag der in meinem Falle auch noch um fast 50,00 Euro gekürzt wurde, da meine Wohnung ein kleines bisschen zu groß ist? Mein Widerspruch, in dem ich darauf hinwies, dass sie aufgrund meiner Krankheit ideal für mich ist und die Kosten eines Umzuges weit höher sind, als die bis zu meiner Rente zu zahlende höhere Miete, ist, wie so viele andere Dokumente auch, angeblich niemals bei der ARGE angekommen.

Herr Ministerpräsident, ich bin müde. Sehr müde sogar. Gerne würde ich meine Rente jetzt beantragen, aber noch sind die Abzüge zu hoch. Noch zittere ich jeden Tag vor dem Gang zu meinem Briefkasten. Ich sollte wirklich aufhören, nebenbei etwas verdienen zu wollen. Dann hätte ich vielleicht Ruhe.

Aber es ist doch etwas Positives eingetreten. Meine Tante, Ende 70 und noch sehr rüstig, hat mir die Haare geschnitten und nun gehe ich gerne wieder an die frische Luft. Sie ist keine Frisöse, aber ich bin mit dem Resultat zufrieden. Man wird sehr bescheiden Herr ...... und auch demütig.

Ich wünsche Ihnen, Herr Ministerpräsident, dass das Leben Sie nie so hart bestrafen wird. Vielen Dank, dass Sie mir „zugehört" haben.

Ihre
Elisabeth Schmidt"

Voller Hoffnung wartete ich nun auf das Antwortschreiben unseres Ministerpräsidenten. Es kam auch ein Schreiben, aber nicht unser Ministerpräsident, sondern eine Frau, deren Name mir überhaupt nichts sagte, schrieb mir folgende Antwort:

„Sehr geehrte Frau Schmidt,

Ministerpräsident .... hat Ihr Schreiben vom .... erhalten und das Bürgerbüro der Landesregierung gebeten, Ihnen zu antworten.

Richtig ist, dass es bei bestimmten gesetzlichen Regelungen erforderlich ist, Grenzen (Einkommensgrenzen, Hinzuverdienst Grenzen, etc.) zu ziehen. Dass es dabei natürlich auch zu geringfügigen Überschreitungen – wie Ihr Beispiel zeigt – kommt, die den damit verbundenen Verwaltungsaufwand unangemessen erscheinen lassen, ist ebenfalls nicht weg zu diskutieren. Dieses Phänomen wird es aber bei jeder gesetzlich vorgeschriebenen Grenze geben, egal wie niedrig oder hoch diese angesetzt wird.

Ich halte diese allgemein übliche Vorgehensweise auch für sachgerecht, weil eine auf die aktuelle Situation des Einzelfalls bezogene Erteilung von rechtsmittelfähigen Bescheiden für die Bürgerinnen und Bürger letztendlich Rechtssicherheit und –Klarheit schafft. Dies lässt sich zum Beispiel an der – wenn auch im Einzelfall geringfügigen – Rentenerhöhung des letzten Jahres verdeutlichen, bei der an etwa 20 Millionen Rentnerinnen und Rentner neu berechnete Rentenbescheide verschickt wurden."

(Was hat das mit meiner Sache zu tun?) Aber weiter im Text der Staatskanzlei unserer Landesregierung:

„Hinsichtlich der von Ihnen angesprochenen Gleichbehandlung jüngerer und älterer Personen im ALG-II-Leistungsbezug möchte ich Sie auf folgendes aufmerksam machen: der Gesetzgeber hat den Betroffenen – unabhängig vom Alter – die gleichen Rechte und Pflichten eingeräumt, weil alle i.d.R. zunächst dem Arbeitsmarkt zur Verfügung stehen oder stehen müssen, um überhaupt anspruchsberechtigt zu sein."

Wie bitte? Ich muss dem Arbeitsmarkt zur Verfügung stehen, um überhaupt anspruchsberechtigt zu sein? Das stimmt ja überhaupt nicht. Diese Dame weiß nicht von was sie spricht und da soll ich dieses Antwortschreiben akzeptieren? Uns älteren Menschen legt man ein Formular vor, das man unterschreiben soll. In diesem Formular steht ausdrücklich, dass ich dem Arbeitsmarkt **nicht mehr** zur Verfügung stehe. Ich habe es doch selbst unterschrieben. Aber erst, nachdem ich mich von der ARGE dazu gedrängt gefühlt hatte. Sie tun es, um die wahren Arbeitslosenzahlen zu verschleiern.

Aber weiter im Antwortschreiben der Staatskanzlei unserer Landesregierung:

„Er (sie meint den Gesetzgeber) hat dabei allerdings nicht aus den Augen verloren, dass insbesondere Ältere mehr als Jüngere die Möglichkeit hatten, z.B. über ein langes Berufsleben hinweg gewisse Werte zu schaffen. Deshalb steht Älteren bei der Betrachtung der Einkommens- und Vermögensverhältnisse beispielsweise ein deutlich höheres Schonvermögen zu als Jüngeren. Auf der anderen Seite dürfte es wiederum schwer zu vermitteln sein, warum einer jungen Familie mit einem oder zwei Kindern weniger für den Lebensunterhalt des Einzelnen zur Verfügung stehen soll als älteren Arbeitsuchenden.

Ich hoffe, ich konnte etwas Aufklärungsarbeit leisten und verbleibe
Mit freundlichen Grüßen
Im Auftrag ...."

Aufklärungsarbeit leisten? Diese Frau hat sich einfach nur heraus geredet. Natürlich finde ich nicht, dass einer jungen Familie mit Kindern weniger für den Lebensunterhalt des Einzelnen zur Verfügung stehen sollte als älteren Arbeitnehmern. Was wollte diese Dame mir da einreden?
Und dann die Dreistigkeit mir vorzuhalten, dass ich einen Teil meines Vermögens behalten durfte und trotzdem Hartz-IV beziehen darf. Das wäre ja noch schöner!

Den jungen Menschen, die laut und deutlich verkünden, dass sie nicht arbeiten wollen und sich auf das Hartz-IV-Geld freuen und daher die Schule schmeißen, ihnen müsste der Staat das Geld kürzen. Nicht jungen Familien, die benötigen im Gegenteil noch mehr! Und wir ältere Arbeitnehmer haben es uns redlich verdient, was aber nicht bedeutet, dass ich mich freue, es beziehen zu müssen.

Im Gegenteil, lieber würde ich arbeiten!

Leider hatte ich auch nicht so viel Geld angespart, wie die Dame dies wohl meinte, denn familiäre Verhältnisse, die etwas weiter zurücklagen, hatten dazu geführt, dass meine Ersparnisse weit unter dem Betrag lagen, die man als Hartz-IV-Bezieher haben durfte. Außerdem hatte man mir, wie allen anderen Arbeitnehmern und Arbeitnehmerinnen auch, monatlich einen prozentualen Anteil des Verdienstes für die Arbeitslosenkasse abgezogen. Fast 40 lange Jahre! Nicht, dass ich jetzt sagen will, dass ich ein verbrieftes Anrecht auf Arbeitslosengeld hätte, oder etwa doch? Wo ist das viele Geld, das sich in all den Jahren angesammelt haben muss, das ich einbezahlt habe? Wo ist es geblieben?

Hätte ich es monatlich sparen können, müsste der Staat mir jetzt nicht Hartz-IV ausbezahlen.

Was hat der Staat mit meinen monatlichen Abgaben für eventuelle Arbeitslosigkeit meinerseits gemacht? Wo ist es geblieben? Hat er es vielleicht den Menschen gegeben, die nie zuvor auch nur einen Cent in die Arbeitslosenkasse einbezahlt haben und die jetzt eine hohe Rente von unserem Staat erhalten? Ist das gerecht?

Nein ! Das ist Veruntreuung!

Ich war so wütend über die Art, wie die Landesregierung anscheinend mit der Problematik umging und sie nicht anging. Aber was sollte ich machen? Ich als einzelner Mensch war doch machtlos und musste weiterhin mit ansehen, wie die Steuergelder munter von Gehilfen des Staates verschleudert wurden.

Mittlerweile war wieder einmal ein neuer Hartz-IV-Antrag fällig. Und ob es nicht schon schlimm genug wäre, legte Frau Armmut noch einen drauf. Sie legte gleich für die nächsten sechs Monate fest, dass mir monatlich 2,14 Euro abgezogen wurden. Ist sie etwa Hellseherin? Kann sie vorhersagen, dass ich nun jeden Monat 2,14 Euro mehr verdiene als ich darf?

Zufällig war unser Ortsbürgermeister bei mir zuhause, als dieser Bescheid bei mir eintraf. Er teilte mir so ganz nebenbei mit, dass eine solche Neuberechnung den Steuerzahler jedes Mal 50 Euro kostete. Das würde in meinem Fall bedeuten, dass Frau Armmut die nächsten sechs Monate insgesamt 300 Euro an Steuergeldern für eine monatliche Neuberechnung meines Hartz-IV-Satzes verschleudern würde. Mit den zwei Monaten, in denen sie bereits Neuberechnungen vorgenommen hatte, wäre das ein Gesamtbetrag in Höhe von 400 Euro. 400 Euro Steuergelder Verschwendung für 2,14 Euro Verdienst für den Staat.
Was für eine Steuerverschwendung!
Warum greift hier keiner ein?
Warum hilft mir keiner gegen diese Frau?

Willkür oder Kalkül?

Sofort legte ich Widerspruch gegen diesen hirnrissigen Bescheid ein. Lesen Sie bitte, was ich Frau Armmut zu sagen hatte:

> „Bescheid über die Bewilligung von Leistungen zur Sicherung des Lebensunterhaltes nach dem Zweiten Buch Sozialgesetzbuch (SGB II)
> **hier: Widerspruch**
>
> Sehr geehrte Damen und Herren,
>
> gegen o.a. Bescheid lege ich hiermit Widerspruch ein. Sie bewilligen mir darin Leistungen zur Sicherung des Lebensunterhaltes in Höhe von monatlich 356,86 Euro, obwohl der Regelsatz 359,00 € vorsieht.
>
> Zwar habe ich im Monat April gerade einmal 2,14 € mehr verdient als ich haben darf, aber das berechtigt Sie nicht, mir für den Rest des Jahres monatlich 2,14 € abzuziehen, da es unwahrscheinlich ist, dass ich diesen Betrag wieder erreichen werde.
>
> Ich bitte Sie daher, Ihren Bescheid dahingehend umzuändern und mir den vollen Regelsatz zu bewilligen.
>
> Für Fragen stehe ich Ihnen jederzeit gerne zur Verfügung
> Ihre Kundin
> Elisabeth Schmidt"

Außerdem war ich so fassungslos und wütend über diesen ganzen Vorgang und der Tatsache, wie Frau Armmut die Steuergelder verschleuderte, dass ich erneut einen Brief an unseren Ministerpräsidenten schrieb. An den Mann, der vor einiger Zeit einem kleinen Mädchen geholfen hatte, das Geld, das ihm ein mitfühlender Rentner geschenkt hatte, behalten zu dürfen. Trotz des enttäuschenden Antwortschreibens auf meinen ersten Brief an ihn, hatte ich die Hoffnung, dass er begreifen würde, was hier abging, noch nicht aufgegeben. Meinen Widerspruch legte ich als Anlage bei.

„Änderung der Bewilligung von Leistungen zur Sicherung des Lebensunterhalts nach dem Zweiten Buch Sozialgesetzbuch (SGB II)
Mein Schreiben an Sie vom ......
Schreiben der Staatskanzlei, Frau ...., vom
....

Sehr geehrter Herr Ministerpräsident ....,

in meinen o.a. Schreiben hatte ich Ihnen bereits die Problematik meines zusätzlichen Verdienstes in Höhe von 2,68 Euro (als Anlage anbei) mitgeteilt. Leider bekam ich daraufhin eine sehr nichtssagende und banale Antwort aus Ihrem Haus.

Ich kann nicht glauben, dass Sie, Herr Ministerpräsident, wirklich damit einverstanden sind, wie die ARGE die Gesetze auslegt und wie viel Steuergelder sie somit monatlich verschwendet. Ich bin bestimmt kein Einzelfall.

Ich bitte Sie, Herr Ministerpräsident, um eine Stellungnahme. Dass Sie persönlich nicht immer die Zeit haben, sich um alle Belange zu kümmern ist mir schon klar. Aber sollte ich wirklich wieder so eine Antwort erhalten, wie auf meinen ersten Brief an Sie, dann antworten Sie lieber nicht. Ich glaube der Schaden für Sie und Ihr Haus ist dann nicht ganz so hoch.

Als eine Ihrer treuesten Anhänger kann ich Ihnen versichern, dass Sie so die Wähler nicht überzeugen. Nicht nur, dass ich fassungslos über diese Angelegenheit bin und wie Ihr Haus damit umgeht, sondern auch meine Bekannten, Verwandten, Freunde und Nachbarn. So können Sie die mündigen Bürger und Wähler Ihres Landes nicht behandeln.

Ich wünsche Ihnen trotzdem einen fairen und erfolgreichen Wahlkampf und verbleibe

mit freundlichen Grüßen
Elisabeth Schmidt"

Ich fügte den Bescheid und meinen Widerspruch gegen diesen Bescheid meinem Schreiben an den Ministerpräsidenten unseres Bundeslandes bei.

Ich enthalte Ihnen das Antwortschreiben, das ich anschließend bekommen habe, nicht vor. Bitte lesen Sie:

„Sehr geehrte Frau Schmidt,

Ministerpräsident .... hat Ihr an die Arbeitsgemeinschaft ...... gerichtetes Schreiben vom .....

erhalten und zur Kenntnis genommen.

Da Sie gegen den Bewilligungsbescheid für den Zeitraum 1. Juli bis 31. Dezember Widerspruch erhoben haben und diesen auch aufrecht erhalten, bleibt nunmehr die Entscheidung über den Widerspruch abzuwarten. Ihnen steht dann ggf. der Klageweg offen.

Einflussmöglichkeiten des Ministerpräsidenten bzw. der Staatskanzlei auf laufende Verfahren bestehen nicht. Dafür bitte ich um Ihr Verständnis.

Mit freundlichen Grüßen
Im Auftrag"
(dieselbe Dame, die auch schon den ersten Brief an mich verfasst hatte)

Muss ich noch etwas hinzufügen?

Willkür oder Kalkül?

Der Widerspruch ging zu meinen Gunsten aus, was bedeutete, Frau Armmut durfte mir die folgenden sechs Monate keine 2,14 Euro von meinen 359 Euro abziehen. Zwar wurden mir noch immer nicht die vollen 359 Euro ausbezahlt, da meine Wohnung zu groß war, aber danach ging es mir besser, denn ich hatte dem Staat 300 Euro erspart.

Aber ich hatte mir damit Frau Armmut nicht zur Freundin gemacht, und das sollte ich leider später noch erfahren.

Kapitel 10

In der Folgezeit wurde ich immer schwächer. Eines Nachmittags, ich beobachtete im Fernsehen eine Sportsendung, berichtete einer der Sportler, dass er vor großen Wettkämpfen regelmäßig Nudeln essen würde, um so Kraft und Ausdauer zu erhalten. Nudeln, das war meine Rettung. Von da an kochte ich mir abends, bevor ich mit den Zeitungen losging, ein paar Nudeln. Ich kochte sie nicht ganz gar, damit sie in der Nacht länger vorhielten, da der Magen eine größere Zeit benötigte, um sie zu verdauen. Und tatsächlich, schon bei dem ersten Zeitungsaustragen, nachdem ich eine Portion Nudeln gegessen hatte, bekam ich keinen Schwächeanfall. Von da an gab es jede Woche einmal warme Nudeln für mich, und sie schmeckten so lecker. Ohne alles schmeckten mir die Nudeln, als wären sie die köstlichste Mahlzeit, die ich je gegessen hatte. Eine Woche lang freute ich mich auf diese warme Mahlzeit, war es doch das einzige warme Essen in der ganzen Woche.

Um noch mehr Geld einzusparen hatte ich festgestellt, dass, wenn ich die Nudeln nur etwa drei Minuten kochen lasse und sie dann eine halbe Stunde weiter ziehen lasse, ohne Strom und Hitze, sie dann so weit gegart waren, dass ich sie essen konnte. Schon wieder Geld eingespart. Das machte mich glücklich.

An einem der folgenden Abende fand ich unter meinen neu eingegangenen E-Mails eine von meiner älteren Schwester, was mich überraschte, denn ich hatte schon seit ein paar Jahren nichts mehr von ihr gehört. Darin fragte sie mich, ob sie mir ein Paket schicken dürfte. Neugierig sagte ich ja. Was wollte meine Schwester mir wohl schicken? Aber sie verriet nichts, und ein paar

Tage später brachte mir der Postbote tatsächlich ein großes Paket. Als ich es öffnete, fing ich an zu weinen. Darin enthalten waren Lebensmittel, Nudeln, Salz, Zucker, alles was man für das Leben benötigte, hatte sie mir eingepackt und geschickt: Sogar ein paar echt amerikanische Plätzchen, die ich so gerne aß, hatte sie mir eingepackt. Woher wusste sie das? Es war wie Weihnachten, Ostern und Geburtstag auf einmal.

Es sollte nicht das letzte Paket sein, das mir meine Schwester schickte. Sowie ich ihr gesagt hatte, wie sehr ich Fisch in Tomatensoße mag, schickte sie ihn mir. Ich konnte mich mal wieder so richtig satt essen, ohne daran denken zu müssen, dass, wenn ich das tue, das Geld nicht bis zum Monatsende reichen würde. Ich kann mit Fug und Recht behaupten, dass mir damals meine ältere Schwester quasi das Leben rettete. Durch ihre Care-Pakete konnte ich überleben.

Aus irgendeinem mir unergründlichem Grund hatten meine gesamten Geschwister beschlossen, dass ich alleine für die Pflege des großen Doppelgrabes meiner Eltern verantwortlich wäre. Bisher hatte ich es durch rigoroses Sparen an meinem Essen geschafft, das Grab jedes Jahr neu zu bepflanzen und das ganze Jahr hindurch zu pflegen. Nun bot mir meine ältere Schwester an, mir einen Betrag auf mein Konto zu überweisen, um die Kosten für das jetzige Jahr zu übernehmen.

„Aber wenn Frau Armmut meine Kontoauszüge prüft und sieht, dass du mir Geld überwiesen hast, wird sie es als Einnahmen deklarieren und mir von meinem Hartz-IV-Geld abziehen."

Die Angst vor dieser Frau machte sich in jeder Phase meines Lebens bemerkbar.

„Ich werde als Grund der Überweisung ‚Pflege des Elterngrabes' angeben, und dann kann sie dir nichts abziehen"

versuchte meine Schwester mich zu beruhigen. Aber ohne Erfolg, meine Angst durch die Erfahrungen, die ich bisher mit Frau Armmut gemacht hatte, waren zu groß, und so kaufte meine Schwester alles für die Neugestaltung des Grabes ein und brachte es zu mir.

Aber nicht nur meine ältere Schwester half mir in dieser schweren Zeit. Auch meine Tante Annemarie rief regelmäßig an, immer dann, wenn sie hausgemachte gefüllte Kartoffelklöße gekocht hatte. Zufällig hatte sie immer zwei davon für mich übrig, und die waren so lecker! Auch meine Freundin Hannah machte jedes Mal, wenn sie gefüllte Paprikaschoten zubereitete, zwei für mich. Diese Mahlzeiten waren dann stets das Beste, was ich jemals in meinem ganzen Leben gegessen hatte.

Auch mein Vermieter überraschte mich. An einem Sonntagmorgen, als ich noch ganz verschlafen in meine Küche ging, erschrak ich. An meinem Küchenfenster befindet sich eine zweigeteilte Gardine und genau in der Mitte, vor dem Fenster, baumelte ein Fleischerhaken. Ich öffnete das Fenster um nachzusehen, was es mit diesem Fleischerhaken auf sich hatte, und ich stellte fest, dass an dem Fleischerhaken eine Tüte hing. Mein Blick nach oben bestätigte meine Ahnung, dass mein Vermieter derjenige gewesen war, der den Fleischerhaken samt Tüte vor mein Fenster gehängt hatte, denn die Schnur, an dem der Haken hing, kann direkt aus seinem Küchenfester, eine Etage höher.

Ich löste die Tüte vom Fleischerhaken, schaute hinein und entdeckte zwei frische Brötchen, die mir augenscheinlich mein Vermieter zum Frühstück serviert hatte. Was für eine ausgefallene Idee, aber ich fand sie wunderbar. Auch dieses Mal hatte ich Tränen in den Augen vor Glück. Von da an hing jeden Sonntagmorgen eine Tüte an meiner Tür, in der sich frische Brötchen befanden.

Müsste ich der ARGE mitteilen, dass mir meine ältere Schwester diese Care-Pakete schickte? Müsste ich ihr etwa auch mitteilen, dass ab und zu meine Tante und meine Freundin ihr Essen mit mir teilten? Müsste ich ihr auch mitteilen, dass mein Vermieter mir jeden Sonntag frische Brötchen schenkte? Wird mir nun, falls einer der ARGE Mitarbeiter dieses Buch liest, noch nachträglich Geld dafür abverlangt? Es ist mir egal, denn ich wollte hier nur aufzeigen, wie unbarmherzig und menschenverachtend dieses hirnrissige Hartz-IV-Gesetz ist.
Ich dachte dabei auch an all diejenigen Menschen, die verzweifelt Arbeit suchen und keine finden, weil die Regierung versagt hat. Weil sie unfähig ist, den ihnen anvertrauten Menschen ein Leben zu gewährleisten, in dem nicht Hunger und Angst das Hauptthema sind, sondern Arbeit und ein kleiner Wohlstand. Die Perspektivlosigkeit, die sich in den Augen vieler Menschen, vor allem Jugendlichen, aber natürlich auch Erwachsenen widerspiegelt, ist manchmal kaum zu ertragen.

Die Monate vergingen so schnell, und schon wieder war ein Antragsformular von der ARGE bei mir eingetroffen. Mittlerweile schon routiniert, füllte ich es aus und bemerke nicht, dass sich mein Vermieter bei den Wohnungsangaben vertan hatte. Als ich ihn darum gebeten hatte, die nötigen Angaben in das Formular einzutragen, war er in Eile gewesen und so war es einfach und ohne böse Absicht passiert.
Wieder wartete ich auf den Bescheid, der nicht kam, und wieder beschlich mich die Angst vor dem, was sich Frau Armmut dieses Mal ausgedacht hatte, um mir das mir

zustehende Geld zu verweigern. Es war der 24. Dezember, als ich den Bescheid in meinem Briefkasten vorfand. Genau an Heiligabend teilte mir Frau Armmut mit, dass mir für meine Wohnung nur noch 269,11 bezahlt würden und mir deshalb von nun an nur noch 286,00 Euro zum Leben zustehen würden, da meine Wohnung zu groß sei. Sie mag ja in der Sache Recht gehabt haben, denn so, wie mein Vermieter den Antrag ausgefüllt hatte, musste sie wohl so handeln. Was ich aber für absolut verwerflich hielt und ihr auch vorwarf, ist die Tatsache, dass sie bis genau Heiligabend wartete, um mir dieses mitzuteilen.
So ein Verhalten ist reiner Sadismus und pure Menschenverachtung!

Willkür oder Kalkül?

Ich schien hier etwas falsch zu verstehen. Dachte ich doch bisher, dass die Mitarbeiter der ARGE dafür bezahlt wurden, uns Hartz-IV-Bezieher zu unterstützen, und nicht dafür, uns zu quälen. Während der gesamten Zeit, in der ich Hartz-IV bezog, wohnte ich in ein und derselben Wohnung. Eigentlich hätte ihr auffallen müssen, dass mein Hartz-IV-Antrag falsch ausgefüllt worden war. War ihr bestimmt auch, aber hätte sie mich darauf hingewiesen, wäre ihr ja die Freude, mich zu quälen, genommen worden. In der Öffentlichkeit wird immer wieder betont, dass wir Kunden der ARGE wären. Aber das stimmt nicht, wir sind keine Kunden sondern werden behandelt wie Bettler.
Frau Armmut hätte der Sache nachgehen müssen. Würden die Daten, die mein Vermieter dieses Mal angegeben hatte, stimmen, dann hätte ich die ARGE die ganze Zeit betrogen und zu viel Geld für meine Miete bekommen. Aber Frau Armmut schien nicht die Intelligenteste

zu sein, eher sah es so aus, als ob der Drang, Hartz-IV-Bezieher zu demütigen, stärker war, als ihre Qualifikation für ihren Job bei der ARGE. Und ihr Drang zu demütigen und ihre eigene Macht zu zeigen war sogar so stark, dass sie ihre Arbeit dabei vernachlässigte. Hätte sie die Angaben auf meinem Antrag infrage gestellt, dann hätte sie mir die Miete nicht kürzen können, und ihr wäre so die Genugtuung entgangen, nämlich, mich erneut gequält zu haben.

Alleine daran konnte ich erkennen, wie unfähig Frau Armmut war und dass sie nicht in der Lage war, ihren Job ordnungsgemäß auszuüben. Sie schadete offensichtlich dem Staat und wurde auch noch bezahlt dafür.

Nachdem ich das ganze Weihnachtsfest mit Weinen verbracht hatte, beschloss ich, dass ich noch im folgenden Jahr meine Rente beantragen würde. Das gab mir die nötige Kraft, auch die nächsten Monate durchzuhalten. In meine Zusatzrente hatte ich schon lange aufgehört weiter einzuzahlen, denn dafür reichte das Geld einfach nicht mehr, egal wie viel ich am Essen und an allem anderen einsparte.

Von den mir nun zum Leben verbleibenden 286,00 Euro gingen die monatlichen Zahlungen für Strom, meine private Haftpflichtversicherung, das Tanken, um die Zeitungen austragen zu können und die Autoversicherung ab, so dass mir knapp 200 Euro zum Leben blieben. Damit kann kein Mensch überleben, das ist unmöglich. Einen Widerspruch legte ich nicht mehr ein, denn ich glaubte fest daran, dass Frau Armmut ihn doch wieder verschwinden lassen würde. Dieser Frau traute ich mittlerweile alles zu.

Nein, Leben konnte man das, was ich jetzt machte, nicht mehr nennen!

Zudem kam jetzt noch dazu, dass durch die allgemeine Konjunkturschwäche kaum noch Werbebeilagen im Mitteilungsblatt waren, und daher der Verdienst auch dementsprechend weniger ausfiel. Es war kein richtiges Leben mehr, das ich jetzt führte, sondern eher ein Dahinvegetieren. Das Einzige, was mich daran hinderte, einfach aufzugeben und mich treiben zu lassen, war das Schreiben an meinem Buch.

Obwohl es mich mitnahm, die Dinge, die mir in der Vergangenheit zugestoßen waren, auf Papier zu bringen, fühlte ich mich anschließend, nachdem ich es niedergeschrieben hatte, doch erleichtert. Zwar träumte ich jede Nacht das Niedergeschriebene sehr realistisch und wachte manchmal von Panik übermannt auf, aber es erleichterte mich auch. Je mehr ich zu Papier brachte, umso mehr verringerte sich die Last meiner Vergangenheit von meinen Schultern.

Wenn ich bei meinen täglichen Spaziergängen von anteilnehmenden Menschen angehalten und gefragt wurde, was ich denn nun den ganzen Tag so machte, antwortete ich stets:

„Ich schreibe ein Buch."

Verblüfft schauten sie mich an.

„Und worüber schreibst du?"

„Über mein Leben."

Manche schüttelten daraufhin den Kopf, und wieder andere meinten:

„Was soll denn an deinem Leben schon interessant sein?"

„Nun, lies es einfach, wenn es erschienen ist, und dann wirst du es sehen",

war meine stets gleichlautende Antwort. Ich vermutete, dass Einige, die mein Leben nicht kannten, sogar den

Kopf über mich schüttelten. Es gab wirklich Menschen, die mir ins Gesicht sagten:

„Was soll an deinem Leben denn schon so besonders gewesen sein, dass es sich lohnt, ein Buch darüber zu schreiben? Und wen interessiert das überhaupt?"

Aber das war mir in dem Moment egal.

Neujahr nahte und eigentlich ein Tag wie jeder andere. Um auszugehen und etwas feiern zu können fehlte mir das nötige Geld. Also blieb ich, wie die Jahre zuvor, alleine in meiner Wohnung. Ich wusste, dass um Mitternacht meine Vermieter mit ihren Gästen sich auf dem Balkon über meinem Schlafzimmer das Feuerwerk im Ort ansehen würden und mit Sekt das neue Jahr begrüßen würden. Und wie jedes Jahr, zündete mein Vermieter ein paar Silvesterböller, um zusammen mit den Kirchenglocken das neue Jahr einzuläuten.

Ich setzte mich an meinen Computer und schrieb eine E-Mail an Hank, wünschte ihm alles Gute für das kommende Jahr und beendete die Mail mit einem innigen:

‚I love you.'

Anschließend ging ich nach oben und wünschte meinen Vermietern und ihren Gästen ein frohes neues Jahr. Und wie in den Jahren zuvor, legte ich mich dann in mein Bett und wartete darauf, dass die Silvesterknallerei ein Ende finden würde, damit ich endlich einschlafen könnte.

Am nächsten Morgen waren meine Vermieter schon früh munter, und ich fragte mich immer wieder, wie man mit so wenig Schlaf auskommen konnte. Mein Körper verlangte nach mindestens 8 bis 10 Stunden Schlaf. Wenn ich die nicht bekam, fühlte ich mich den ganzen Tag wie gerädert.

Noch bevor ich mich unter die morgendliche Dusche begab, schaltete ich meinen Computer ein um zu sehen, ob Hank meine Mail an ihn schon beantwortete hatte. Tatsächlich, es war eine Mail von ihm da. Ich erwartete das übliche:

‚Auch ein frohes neues Jahr für Dich, Lisa,'

was ich auch wirklich vorfand. Aber es stand noch etwas anderes da, nämlich,

‚I love you too,'

was bedeutete, ich liebe dich auch.

Ich konnte nicht mehr denken, konnte mich nicht mehr bewegen. Ich saß einfach nur vor meinem Computer und starrte auf die Worte: ‚I love you too.' Sollte es wirklich so sein, dass die Liebe für mich nach all den Jahren in sein Herz eingezogen war? Sollte er wirklich erkannt haben, dass er mich liebt? Sollte das wirklich wahr sein, oder hatte er es nur geschrieben, weil man es so leicht daher sagt und es eigentlich nicht die Bedeutung hat, die ich jetzt hinein interpretierte? Sollte es nichts bedeuten? Bedeutete es alles? In mir war ein Aufruhr von Gefühlen, ich konnte nicht mehr klar denken. Machte den Computer aus und saß einfach nur da. Hank liebt mich? Liebt er mich wirklich?

Schnell machte ich den Computer wieder an um nachzusehen, ob ich mich nicht verlesen hatte. Aber es stand da, es stand wirklich da:

I love you too, ich liebe dich auch.'

Wieder schaltete ich den Computer aus. Eigentlich wollte ich ja in die Dusche, aber ich war zu nichts fähig. Saß einfach nur auf meiner Couch und sagte mir immer wieder die Worte: ‚Er liebt mich auch.'

Ich konnte nicht anders, ich musste meine Freundin Hannah anrufen, obwohl es der erste Januar war.

„Hank hat mir geschrieben, dass er mich liebt."

Ich schrie die Worte nur so in das Telefon.

„Hast du gehört, Hannah? Er liebt mich. Hank hat geschrieben, dass er mich liebt."

„Wann hat er das gesagt?"

Hannah war nicht gerade erfreut über meine Störung am frühen Morgen und zudem war es der Neujahrsfeiertag, an dem ich sie so einfach störte.

„Gesagt hat er es nicht, aber er hat mir eine E-Mail geschickt und darin hat er geschrieben, dass er mich auch liebt."

„Ach, das ist bei Amerikanern so eine Redensart."

Wie immer behielt Hannah einen klaren Kopf.

„Das bedeutet nicht wirklich, dass er dich liebt, so wie du das jetzt auffasst."

Aber ich ließ mir von Hannah den Glauben, dass sich die Gefühle von Hank mir gegenüber verändert hätten, nicht nehmen. Obwohl, einen kleinen Zweifel hatten ihre Worte schon in mir geweckt. Auch als Dirk, mein erster fester Freund nach der Scheidung anrief, um mir ein frohes neues Jahr zu wünschen und ich ihm im Überschwang meiner Gefühle mitteilte, dass Hank mir geschrieben hatte, dass er mich liebt, eher kühl reagierte und meinte, es wäre doch nur so eine Redensart und ich sollte das bedenken, ließ meine Euphorie nicht nach.

Hank hatte geschrieben dass er mich auch liebt. Das war das Einzige, was für mich in diesem Moment zählte. Doch je weiter der Tag fortschritt, umso mehr nagten Zweifel an mir. Sollten Hannah und Dirk doch recht haben, und Hank hatte es einfach nur so daher gesagt? Vielleicht hatte er etwas getrunken und daher diese Worte gewählt? Aber sagt man nicht, Betrunkene sagen die Wahrheit? Und überhaupt, ich wusste, dass Hank kein Freund von Alkohol war und äußerst selten etwas trank.

Ich war hin und her gerissen und wusste nicht mehr, was ich noch glauben sollte.

Wieder ging ich an meinen Computer, um die Worte von Hank noch einmal und noch einmal zu lesen. Ich konnte nicht genug davon bekommen und da sah ich, dass Hank auch online war. Sofort kontaktierte ich ihn.

„Hi, wie geht es dir?"

Ich war aufgeregt wie ein kleines Schulmädchen.

„Mir geht es gut. Habe gestern etwas zu viel gefeiert, aber langsam geht es mir wieder besser. Und wie geht es dir?"

„Gut, danke. Sag mal Hank, meinst du das wirklich, was du mir gemailt hast?"

„Was meinst du, Lisa?"

„Nun, deine Mail, in der du sagst, dass du mich auch liebst."

„Ich habe eine Mail geschickt, in der steht, dass ich dich liebe?"

Jemand versetzte mir gerade einen so kräftigen Stoß in meine Magengrube, dass es mir schlecht wurde.

„Ja, natürlich. Ich habe sie heute Morgen gelesen."

„Warte, ich sehe mal kurz nach. Hier, warte mal, ich habe die letzte Mail an dich gefunden und schicke sie dir noch einmal. Da steht nichts davon drin, dass ich dich liebe. Ich weiß nicht, von was du sprichst, Lisa."

Ich wollte weg, ich wollte einfach nur weg von diesem Computer und dieser Stimme, die ich so sehr liebte und die mich gerade anlog.

In diesem Moment war eine neue Mail von ihm angekommen, aber es war die Mail, die er einen Tag zuvor an mich geschickt hatte.

„Das ist nicht die Mail, die ich meine, Hank. Warte, ich schicke dir deine Mail von heute Morgen zurück. Vielleicht erinnerst du dich ja dann."

Ich bemerkte, wie Hank sich wand, wie ein Aal im Wasser oder eine Schlange im heißen Wüstensand, so versuchte er, aus dieser Sache heraus zu kommen. Mir wurde klar, er hatte nicht gemeint, was er in einer Laune heraus an mich geschrieben hatte. Aber warum sagte er nicht einfach,

„Nein, Lisa, ich meinte es nicht so, wie du es verstanden hast."

Warum tat er es nicht?

„Hast du jetzt deine Mail von mir bekommen, die du gestern an mich geschickt hattest?"

„Ja, ich habe sie."

Ich wollte die Sache für ihn leichter machen. Jede Minute, die verging und in der er sich vor einer Antwort drückte, ließ mich erkennen, dass Hank nicht der Mann war, für den ich ihn über 20 Jahre gehalten hatte. Er kam mir erschreckend erbärmlich vor. Er war nicht mehr der Held, der er über 20 Jahre lang für mich gewesen war. Er war auch nur ein Mann, wie so viele andere Männer, und er war auch nicht besser oder schlechter als all die anderen. Er war nicht der Besondere, für den ich ihn immer gehalten hatte. Eine Welt brach über mir zusammen.

„Du willst mir also sagen, dass du mich nicht liebst, Hank, oder?"

„Du hast recht, Lisa. Ich liebe dich nicht."

„Ok, Hank, tschüss."

Ich legte ganz schnell auf, denn ich wollte nicht, dass er mein unkontrolliertes Schluchzen hörte. Diese Welt, die gerade über mir am zerbrechen war, ließ mich verzweifeln. Der Schmerz, der in mir tobte, war einfach unbeschreiblich.

‚Wenn er mich nicht liebt, warum schreibt er dann, dass er es tut?'

Immer und immer wieder stellte ich mir diese Frage und fand doch keine Antwort. Und wieder befand ich mich in einem Schock Zustand, der lange anhalten sollte und aus dem ich nur schwer wieder heraus fand.

Hank, den ich auf ein Podest gestellt hatte, der in meinen Augen der beste, klügste, intelligenteste und außerordentlichste Mann auf dieser Welt war, offenbarte sich als einfacher Mensch, der er schließlich auch war. Nur ich hatte in ihm etwas Besonderes gesehen, etwas, das offensichtlich überhaupt nicht existierte. Etwas, das ich in ihm sehen wollte und das ich in ihn hinein interpretierte und das es nicht gab. Ich hatte ihn in meinen Gedanken in all den Jahren, in denen ich ihn nicht gesehen hatte, in denen er so weit weg war von mir, idealisiert. Ihn zu etwas gemacht, was es nur in meinen Wunschvorstellungen gab, zu einem geduldigen, verständnisvollen, nie wütend werdenden Mann, so hatte er in meinen Gedanken gelebt. Jemand, der zärtlich und behutsam war, jemand, der nie ausrastete und immer liebevoll und einfühlsam war. Ja, so hatte ich mir Hank in all den Jahren konserviert. Dabei konnte ich ihm keine Schuld geben, dass er nicht so war. Ich war es, die ihn zu etwas Besonderem gemacht hatte, nicht er.

Kapitel 11

Trotz allem ging das Leben unaufhörlich weiter. Jeden Tag verbrachte ich nun Stunden über Stunden mit dem Schreiben meines Buches. Hank rief ab und zu an oder schickte kleine Mails. Irgendwie freute ich mich nicht mehr darüber, und irgendwie dachte ich auch nicht mehr täglich an ihn. Der Schmerz wütete zwar noch immer in mir, aber es war nicht mehr so schlimm wie in dem Moment, als ich erkennen musste, dass er mich nicht liebte, obwohl er es mir geschrieben hatte, dass er es einfach nur so dahingesagt, vielmehr es geschrieben hatte, um etwas Nettes gesagt oder geschrieben zu haben.

Und eines Tages war mein Buch fertig geschrieben. Der Titel meines Buches stand schon von Anfang an fest: ‚Huren küsst man nicht.'
Damals wusste ich noch nicht, dass ich jedem, der sich für mein Buch interessierte, erklären musste, dass ich keine Hure war, bin oder vorhatte eine zu werden, sondern dass es ein Ausspruch meines Ex-Schwiegervaters war, auf den ich meine autobiografische Lebensgeschichte aufgebaut hatte. Ein Ausspruch des Mannes, der mich zweimal während meiner Ehe mit seinem Sohn versucht hatte, zu vergewaltigen.
Nachdem ich das Buch fertig geschrieben hatte, kam ich mir vor, als ob mir eine Zentnerlast von meinen Schultern genommen worden war. Nun begann die schwierige Suche nach einem Verlag für mein Buch. Unerfahren, wie ich es nun einmal in diesen Dingen war, freute mich die erste Zusage eines Verlages ungemein. Dann jedoch gleich der erste Schock. Er verlangte fast 30.000 Euro, um mein Buch zu verlegen. Bis dahin hatte ich gedacht,

dass ein Verlag die Kosten für die Veröffentlichung eines Buches übernimmt. Woher sollte ich, als Harz-IV-Empfängerin, solche Preise bezahlen? Woher sollte ich so viel Geld nehmen?

Also setzte ich meine Suche nach einem Verlag weiter fort und schrieb ungefähr zehn Verlage an. Davon erklärten sich auf Anhieb sieben bereit, mein Buch zu veröffentlichen. Die Auswahl war nicht leicht, und ich entschied mich für einen der sieben Verlagsanstalten.

Da ich eine genaue Vorstellung von dem Titelbild meines Buches hatte, suchte ich nach einem Maler oder einer Malerin, die es, wenn möglich kostenlos, für mich zeichnen sollten. Mit Hilfe von engen Freunden gelang es mir auch tatsächlich, und als ich das Bild das erste Mal sah, kamen mir die Tränen. Genau so hatte ich mir mein erstes Buch vorgestellt. Es war eine Malerin von der Mosel, und sie malte es tatsächlich kostenlos für mich und mein Buch.

Ein anderer Freund half mir dabei, es im Computer so darzustellen, dass es als Coverbild benutzt werden konnte. Mein erstes Buch war bereit, gedruckt und veröffentlicht zu werden.

Ich war einfach überwältigt.

Und meine ältere Schwester unterstützte mich, indem sie mir zusätzliche Teile für meinen Computer schenkte, mit denen ich mein Buch in das richtige Format bringen konnte. Niemals zuvor in meinem ganzen Leben hatte ich so viel Hilfe erfahren. Ich war glücklich, einfach nur glücklich.

Aber wie immer in meinem bisherigen Leben sollte dieses Gefühl nicht lange anhalten.

Hank schrieb mir immer wieder, wie stolz er auf mich sei. Bei seinen regelmäßigen Anrufen hörte ich an seiner Stimme, dass er es wirklich war.

„Du musst mir unbedingt ein Buch überlassen. Du musst es übersetzen, Lisa. Ich will es lesen."

Er war aufgeregter als ich selbst es war. Aber daran, das Buch zu übersetzen, verschwendete ich im Moment noch keine Gedanken.

Ich hatte nämlich andere Sorgen.

Denn zwischenzeitlich hatte mir mein Vermieter die Wohnung wegen Eigenbedarf gekündigt, da er seine Mutter zu sich holen wollte. Sie hatte mittlerweile ein Alter erreicht, in dem er sie nicht mehr allein in ihrem Haus wohnen lassen wollte. Zu meiner Freude über das Fertigstellen meines ersten Buches kamen nun die Probleme dazu, eine neue Wohnung zu finden. Woher sollte ich das Geld für einen Umzug nehmen? Würde die ARGE diesen nötigen Umzug bezahlen?

Gleichzeitig mit der Sorge um eine neue Wohnung waren alle Vorarbeiten für mein Buch erledigt, und es wurde tatsächlich gedruckt und veröffentlicht. Außerdem erhielt ich einen neuen Zeitvertrag von der Firma, für die ich die Mitteilungsblätter immer noch austrug. Also setzte ich mich hin und verfasste folgendes Schreiben an Frau Armmut:

„Sehr geehrte Damen und Herren,

hiermit teile ich Ihnen fristgerecht folgendes mit:

1. Ich habe einen neuen befristeten Arbeits-
    vertrag der Fa................ GmbH erhalten

(siehe Anlage). Er gilt ab dem 01.03... für 11 Monate.

2.   Bezahlt mir die ARGE den Umzug in eine kleinere Wohnung?

3.   Ich habe ein Buch geschrieben, das am 04. Februar .... erschienen ist. Wie Sie aus beiliegendem Schreiben meines Verlages ersehen können, erfolgt eine Autorenabrechnung erst mit Stichtag 31. Dezember ...., also frühestens .....

Für Fragen stehe ich Ihnen jederzeit gerne zur Verfügung

Ihre Kundin
Elisabeth Schmidt"

Unterdessen hatte mir mein Vermieter eine andere kleinere Wohnung angeboten, die ihm gehörte, und die den Richtlinien für eine angemessene Wohnung einer Hartz-IV-Bezieherin gerecht wurde. Somit würde ich wieder etwas mehr Geld für mich zur Verfügung haben. Daher wollte ich von Frau Armmut wissen, ob der Umzug bezahlt würde, denn die Kosten eines Umzugs konnte ich nie und nimmer aufbringen. Selbst wenn sich mein Buch gut verkaufen würde, bekäme ich das Honorar erst Anfang des nächsten Jahres ausbezahlt.

Der Vertrag für das Verteilen der Mitteilungsblätter lief immer nur für elf Monate, dann musste man zwei Monate aussetzen und wenn man Glück hatte, bekam man wieder einen neuen Vertrag. Ich hatte einen Vertrag erhalten und teilte dies fristgerecht der ARGE mit. Auch so eine Sache. Wenn die Firma eine Mitarbeiterin wie mich, die nur einen Minijob ausübt, nur für elf Monate beschäftigt, muss diese Firma keine Sozialabgaben an den Staat abgeben.

Wer nur hat diese Gesetze erlassen?

Auch dass ich ein Buch geschrieben hatte, das nun veröffentlicht wurde, teilte ich in diesem Schreiben mit. Hätte ich es nicht getan, wäre dies ein Grund für Frau Armmut gewesen, mir das mir zustehende Hartz-IV-Geld wieder einmal vorzuenthalten. Also machte ich alles so, damit Frau Armmut auch nicht den geringsten Grund hatte, mir noch mehr Schwierigkeiten als bisher zu bereiten.

Hier die Antwort von Frau Armmut:

„Sehr geehrte Frau Schmidt,

Sie beziehen laufend Leistungen zur Sicherung Ihres Lebensunterhalts. Während des Bezuges dieser Leistung sind Sie verpflichtet, nach § 60 Abs. 1 Nr. 3 SGB I im Leistungsverfahren mitzuwirken. Dabei haben Sie Beweismittel zu bezeichnen und Beweisurkunden vorzulegen, oder Ihrer Vorlage zuzustimmen. Ihre Pflicht zur Angabe aller Tatsachen, die für die Geldleistung erheblich sind, besteht nach $ 60 Abs. 1 SGB I und bleibt davon unberührt.

Im Rahmen Ihrer Mitwirkungspflicht bitte ich Sie, bis spätestens 15.04...... folgende Unterlagen bzw. Nachweise vorzulegen:

Bitte senden Sie mir sobald vorhanden Ihre Verdienstbescheinigung für den Monat März .. zu.

Ihre Mitwirkung ist erforderlich, weil ohne die erbetenen Unterlagen bzw. Nachweise nicht festgestellt werden kann, ob und inwieweit ein Leistungsanspruch unverändert fortbesteht. Eine Änderung des Leistungsanspruchs kann sich – ggfs. auch für die Vergangenheit – zu Ihren Gunsten bzw. Ihren Lasten ergeben.

Sollten Sie bis zum o.g. Termin nicht antworten bzw. die angeforderten Unterlagen nicht einreichen, werde ich die Geldleistung bis zur Nachholung der Mitwirkung ganz entziehen.

Die entsprechenden gesetzlichen Bestimmungen sind als Anlage abgedruckt.
Anlage
Gesetzestext
Mit freundlichen Grüßen
Im Auftrag
Armmut"

In keiner Weise ging Frau Armmut auf meine Frage nach der Bezahlung eines Umzuges in eine kleinere Wohnung ein. Da ich dachte, Frau Armmut müsste sich erst beraten und würde mir bestimmt in kurzer Zeit eine Antwort zukommen lassen, wartete ich. Ich wartete und wartete, aber es kam keine Antwort auf meine Frage.
Als ich begriff, dass Frau Armmut nicht im Geringsten daran dachte, mir meine Frage zu beantworten, hatte ich keine andere Wahl als mich an den Leiter der ARGE zu wenden.

Also schrieb ich diesen Brief:

„An die
Geschäftsleitung der
Arbeitsgemeinschaft ....

Mein Schreiben vom 20.02.2..... (als Anlage anbei)
Schreiben von .... vom 25.02.....

Sehr geehrte Damen und Herren,

mit meinem o.a. Schreiben bat ich unter anderem darum, mir mitzuteilen, ob die ARGE einen Umzug in eine kleinere Wohnung bezahlt.

Auf diese Frage wurde in dem Antwortschreiben der Frau .... vom 25.02.2.... in keinster Weise eingegangen, sie hat die Frage einfach ignoriert. Eine Entschuldigung, dass es ein Versehen ist, kann ich im Falle von Frau .... nicht mehr akzeptieren. Seit ich ALG-II beziehe habe ich kleine Nebenjobs. Ich versuche der Allgemeinheit so weit wie nur irgendwie möglich, nicht auf der Tasche zu liegen und daher ist es ein Hohn, dass Frau .... mir nur ein Schreiben zukommen lässt, in dem sie mich auffordert, meine Verdienstbescheinigungen pünktlich an sie zu schicken aber meine Frage nach der Bezahlung des Umzuges einfach ignoriert. Als ob ich nicht wüsste, dass ich die Verdienstbescheinigungen pünktlich an die ARGE schicken muss, ich mache es doch schon seit Jahren.

Leider war ich in der Vergangenheit (01.12.....) schon einmal gezwungen, ein Gespräch mit ihrem damaligen Vorgesetzten, Herrn ..... zu führen. Er versprach mir, sich darum zu kümmern, dass sich Frau .... in Zukunft nicht mehr so menschenverachtend und demütigend mir gegenüber verhält. Oder wie erklären Sie mir, dass Frau .... bis genau Heilig Abend letztes Jahr gewartet hat, um mir schriftlich mitzuteilen, dass die Mietkosten meiner Wohnung noch einmal gekürzt werden? In meiner Wohnung bin ich nun schon seit 12 Jahren. Sie mag damit Recht haben, aber menschlich ist es grausam, wenn man einem der Ärmsten genau an Weihnachten dieses Schreiben zukommen lässt.

Aber das ist ja noch gar nichts gegenüber dem, was Frau ...... sich in der Zeit erdreistet hat, als mein Minijob nicht aus Zeitungsaustragen sondern aus der Tätigkeit von .... bestand. Zugegeben, keine Arbeit, auf die man stolz sein kann, aber um dem Staat nicht allzu sehr auf der Tasche zu liegen, habe ich es getan. Das Resultat war u.a., dass Frau .... einen ganzen Monat auf meinem Antrag auf ALG-II sitzen blieb nur um mir dann am 3. Juli ....., als das Geld schon längst auf meinem Konto sein sollte, neue Formulare zukommen zu lassen mit der Aufforderung, diese zuerst auszufüllen, da sie vorher meinen Antrag nicht bearbeiten kann. Einen ganzen Monat ließ sie meinen Antrag unberücksichtigt. Schon einmal hatte sie mir das Geld vorenthalten, dieses war nun das zweite Mal und die Kosten für die Überziehung meines Kontos blieben zwei Mal auf mir sitzen.

Der Staat kann es Frau .... verdanken, dass ich auf diese Nebentätigkeit verzichtete, also diesen Job aufgab. Ich hoffte, dass sich Frau .... in der Zeit danach ändern würde, aber weit gefehlt.

Außerdem verlangte sie in einem Jahr (2009) die gleichen Unterlagen vier (4) Mal von mir und natürlich musste ich die Kosten der Kopien tragen. Zudem bekam sie einmal angeblich meinen Widerspruch nicht, den ich eingereicht hatte, und daher verfiel die Widerspruchsfrist. Ich bin sehr krank und trotzdem versuche ich, mir noch ein wenig dazu zu verdienen, um nicht zu verhungern. Es kommt mir langsam vor, dass ich dafür von Frau .... bestraft werde, da ich ihr zusätzliche Arbeit verursache.

Da ich in den letzten Jahren häufig und leidvoll erfahren musste, dass Frau .... nicht die erfahrene Kraft ist, die man als Kundin erwarten dürfte, bitte ich Sie, mir meine Frage nach der eventuellen Kostenübernahme Ihrerseits zu beantworten. Vielleicht könnten Sie Frau .... auch noch einmal darauf hinweisen, dass wir Menschen sind, so wie sie. Und dass wir nichts dafür können, dass wir auf ihre Hilfe angewiesen sind.

Ich könnte an ihrer Seite des Schreibtisches sitzen und sie davor. Wie wäre ihr dann wohl zumute? Aber von mir würde sie Menschlichkeit erfahren.

Ihre Kundin
Elisabeth Schmidt
Anlage"

Es dauerte nicht lange, und ich erhielt eine Antwort auf mein Schreiben. Dieses Antwortschreiben der Geschäftsführung der ARGE in Nimmers müssen Sie, lieber Leser dieses Buches, selbst beurteilen, bitte:

Sehr geehrte Frau Schmidt,

Ihr vorgenanntes Schreiben habe ich zum Anlass genommen die Angelegenheit zu überprüfen.

Sie führen in Ihrer Beschwerde wesentlich an, das auf Ihre Anfrage bezüglich der Übernahme von Umzugskosten nicht eingegangen wurde.

Ich kann Ihnen versichern, dass dies definitiv ein Versehen war. Beiliegend erhalten Sie das geforderte Antwortschreiben.

Ich bedaure die Unannehmlichkeiten und hoffe Ihnen mit beiliegenden Schreiben weiterhelfen zu können. Sollten noch Fragen bestehen werden wir Ihnen gerne weiterhelfen.

Mit freundlichen Grüßen

....
Stv. Geschäftsführer"

Ein Versehen? Glauben Sie, lieber Leser, dass Frau Armmut meine Frage nach dem Umzug nur übersehen hat? Ich nicht. Nicht nach all dem, was ich schon mit ihr erlebt habe. Aber hier bitte das zuvor angegebene Schreiben des Stv. Geschäftsführers, das seinem Schreiben an mich als Anlage beigefügt war und dessen Unterschrift ich nicht kenne und daher auch nicht weiß, wer das Schreiben verfasst hat:

„Sehr geehrte Frau Schmidt,

mit Schreiben vom .... baten Sie um Aufklärung bzgl. der Übernahme von Umzugskosten.

Hiermit teile ich Ihnen mit, dass um Umzugskosten nur dann zu gewähren sind" (was meint er oder sie damit, um Umzugskosten nur dann?), „wenn der Umzug notwendig im Sinne des $ 22 Abs. 3 Satz 2 SGB II ist und die Miete für die neue Wohnung angemessen ist. (§ 22 Abs. 2 SGB II) Die angemessenen Kosten für 1 Person betragen:

Kaltmiete: 190,00 Euro
Nebenkosten: 40,00 Euro
Heizkosten: 64,00 Euro

Die Höhe der Umzugskosten bemisst sich individuell. In der Regel wird sich dies auf die Höhe der Anmietungskosten eines bedarfsgerechten Miettransporters beschränken bzw. in

Einzelfällen ist eine Beauftragung eines Umzugsunternehmens notwendig.

Es werden bei Antragsstellung mindestens drei vergleichbare Kostenvoranschläge benötigt

Bitte sprechen Sie bei einem evtl. Umzug vorab in der Leistungsabteilung mit einem unterschriebenen Mietvertrag vor.
Hierbei können die o.g. Fragen geklärt werden.

Mit freundlichen Grüßen
im Auftrag
.......................''

Jetzt war ich genau so klug wie vorher. Bezahlte die ARGE nun einen Umzug oder nicht? Was aber, wenn ich einen neuen Mietvertrag unterschreibe, mich vertrauensvoll an die ARGE wende und dann von derselben zu hören bekomme: ‚Dann ziehen Sie mal schön um, wir bezahlen das nicht.'
Nach all den Erfahrungen, die ich bisher mit Frau Armmut gemacht hatte, glaubte ich nicht daran, dass sie im Nachhinein mir den Umzug bewilligen und bezahlen würde.
Und das Kurioseste und Allerschlimmste an der ganzen Angelegenheit war, dass die ARGE eine Gesamtmiete von 294,00 Euro bezahlen würde. Da aber meine Miete wegen der Nebenkosten sowie der Heizkosten ein wenig abweicht von dem, was die ARGE bereit ist für eine alleinstehende Person zu zahlen, weigert sie sich, meine Miete ganz zu bezahlen oder mir den höheren Betrag von 294,00 Euro zu bezahlen. Ich bekomme nur 269,11

Euro von der ARGE erstattet, obwohl mir laut deren Aufrechnung 294,00 Euro zustehen.

Wer denkt da mit? Denkt jemand in dieser Behörde auch einmal logisch? Warum denkt niemand in dieser Behörde menschlich?

Bilden Sie sich, meine verehrten Leser, bitte selbst ein Urteil.

Die Frage nach dem Umzug hatte sich in der Zwischenzeit erübrigt, da die Wohnung nicht mehr zur Verfügung stand. Schon wieder hatte es Frau Armmut erreicht, mir zu schaden.

Willkür oder Kalkül?

Das Einzige, das mich jetzt noch am Leben erhielt, war der Gedanke an meine Rente. Ich hatte beschlossen, um die monatlichen Abzüge so gering wie nur irgend möglich zu halten, da ich noch keine 65 Jahre alt war, im September in Rente zu gehen. Jetzt war es März und es fiel mir immer schwerer, zu überleben. Jetzt hungerte ich wirklich und das jeden Tag. Nur der Gedanke an September hielt mich aufrecht und ließ mich weiter durchhalten.
Aber ich konnte und wollte die ganze Angelegenheit auch nicht einfach so auf sich beruhen lassen, und da der stellvertretende Geschäftsführer in seinem Antwortschreiben seine E-Mail Adresse angegeben hatte, schrieb ich ihm folgende Mail.

„Sehr geehrte Damen und Herren,
sehr geehrter Herr ....,

ich bedanke mich für Ihr o.a. Schreiben. Sie werden verstehen, dass ich nach allem, was ich bisher mit Frau .... erlebt habe, nicht glaube, dass ihr Verhalten "nur" ein Versehen war. Wären mir in meiner langjährigen (über 40 Jahre) Arbeitszeit so viele Versehen unterlaufen, hätte ich bestimmt nicht so lange gearbeitet. Aber Frau .... hat mit ihrer Ignoranz meiner Frage wieder einmal erfolgreich erreicht, dass die Wohnung, die ich in Aussicht hatte, nun schon vergeben ist. Wäre ich sarkastisch, würde ich jetzt sagen, gratulieren Sie ihr bitte von mir.

Aber nun zu den Kosten der Miete. Der Gesamtpreis meiner jetzigen Miete beträgt 342,11 Euro. Was ich nicht verstehen kann ist, dass die ARGE einen Gesamtpreis in Höhe von 294,00 Euro erstatten würde, mir aber nur 269,11 Euro erstattet werden. Ich lebe am untersten Rande des Existenzminimums. Der Differenzbetrag in Höhe von 24,89 Euro würde für mich bedeuten, dass ich nicht mehr so hart ums Überleben kämpfen muss wie jetzt.

Ich habe an Weihnachten ..... keinen Widerspruch eingelegt, da ich damals keine Kraft mehr dazu hatte und außerdem nicht glaubte, dass er, wie zuvor, bei Frau .... ankommen würde. Sie wieder behaupten würde, ihn nicht erhalten zu haben.

Ich bitte die Angelegenheit meiner Miete zu prüfen.

Mit freundlichen Grüßen
Elisabeth Schmidt"

Es dauerte nicht lange, und ich bekam wieder Post von der ARGE. Die Antwort auf diese Mail ist wie folgt (der Verfasser ist nicht der stellvertretende Geschäftsführer, sondern ein anderer Mitarbeiter):

„Sehr geehrte Frau Schmidt,

Ihre oben genannte Nachricht habe ich erhalten und mich der Angelegenheit angenommen. Ich teile Ihnen hierzu folgendes mit:

Ihre monatliche Gesamtmiete beträgt 342,11 Euro und setzt sich laut Mietvertrag wie folgt zusammen:

Kaltmiete: 165,11 Euro
Nebenkosten: 55,00 Euro
Heizkosten: 122,00 Euro

Übernommen werden jedoch nur angemessene Kosten für 1 Person in folgender Höhe

Kaltmiete: 165,11 Euro
Nebenkosten: 40,00 Euro
Heizkosten: 64,00 Euro

Dies ergibt einen Gesamtbetrag in Höhe von 269,11 Euro monatlich.

Zur weiteren Erklärung verweise ich auf folgenden Auszug aus dem Ihnen zugegangenen Widerspruchsbescheid vom ....

Da von der Verordnungsermächtigung des §
27 SGB II kein Gebrauch gemacht wurde, hat
der ....Kreis Richtwerte festgelegt. Sie
sind keineswegs als Pauschalen zu verstehen.
Bei der Beurteilung der größenmäßigen An-
gemessenheit hat sich der Kreis an den Wer-
ten zur Förderungswürdigkeit im sozialen
Wohnungsbau orientiert. Daher ist für eine
Person eine Wohnfläche von 45-50 m2 mit einer Kaltmiete von 190,00 Euro sowie Heizkosten in Höhe von 64,00 Euro, Nebenkosten in
Höhe von 40,00 Euro als angemessen zu er-
achten.

Ich hoffe, Ihnen mit dieser Erklärung weitergeholfen zu haben und verbleibe

mit freundlichen Grüßen

...................................."

Weitergeholfen? Ich war genau so klug wie zuvor, aber
es ist mir jetzt langsam egal. Der Gedanke an meine
bevorstehende Rente, wenn es auch noch sechs Monate bis dahin sind, gab mir die Kraft, durchzuhalten. Dann
können alle diese Paragrafenreiter ihre hirnrissigen
Bescheide, die sie bestimmt manchmal selbst nicht
verstehen, weiter an die Ärmsten der Armen versenden
und vom Staat ein hohes Gehalt dafür kassieren.

Kapitel 12

Mit der Besitzerin der Buchhandlung in Horsen hatte ich vereinbart, eine Lesung zu halten, zusammen mit einer anderen jungen Frau, die auch ein Buch geschrieben hatte. Überall prangten mir in Horsen von den Auslagen vieler Geschäfte Plakate mit meinem und ihrem Bild entgegen. Sie wiesen auf die bevorstehende Lesung hin. Auch mein Buch war in der Auslage der Buchhandlung ausgestellt. Wenn ich durch den Ort spazierte, sprachen mich Menschen an, die mich vorher noch nie beachtet, geschweige denn mit mir gesprochen hatten. Plötzlich kannte mich jeder, und ich hatte überraschend viele neue Freunde. Wusste ich gar nicht. Aber ich wunderte mich nicht, sondern freute mich und war überrascht.

Zudem verkaufte sich mein Buch überraschend gut, und meine erste Lesung in Horsen war ein voller Erfolg. Die meisten Anwesenden kauften es, und ich musste viele Bücher signieren. War meine Stimme am Anfang der Lesung noch etwas zittrig, so wurde sie schon nach kurzer Zeit wieder fest, und die Anwesenden hörten mir interessiert zu. Das Mitgefühl und die Anteilnahme an meinem Schicksal taten mir gut. Als ich nach der Lesung nach Hause ging, spürte ich das erste Mal seit langem ein großes Gefühl der Hoffnung in mir. Ich war mir sicher, alles würde sich von nun an ändern, alles würde gut werden. Egal was für Schikanen Frau Armmut noch plante, ich würde es überstehen.

Trotz meines Hochgefühls und der aufkommenden Hoffnung auf Besserung, kamen die Schwächeanfälle jetzt immer häufiger, und ich ging nur noch selten aus dem Haus. Da ich mir das Benzin nicht mehr leisten konnte, nur noch für die Fahrten zum wöchentlichen Einkauf in unseren Supermarkt und zum Zeitungsaustragen, saß ich meistens den ganzen Tag in meiner Wohnung. Langsam vereinsamte ich noch mehr, und gäbe es da nicht meine Tante Annemarie und meine Freundin Hannah, würde es wohl noch einsamer in meiner Wohnung für mich sein.

Aber dadurch, dass ich tagsüber meine Wohnung nicht mehr verließ, sparte ich auch Geld, Geld das ich eigentlich gar nicht hatte. Ich wusch mir nur noch die Haare, wenn ich einkaufen oder wenn ich zum Arzt musste. Fast den ganzen Tag verbrachte ich zumeist auf meiner Couch, um so wenig Energie wie nur irgend möglich zu verbrauchen und so mit weniger Essen auszukommen. Manchmal wurde mir aber selbst auf meiner Couch schwindlig und mich befiel Angst. Nur der Gedanke an September ließ mich durchhalten.

Mit der Zeit bemerkte ich, dass meine Haut welk und trocken wurde. Schon lange hatte ich kein Geld mehr für eine Hautcreme und musste so mit ansehen, wie ich immer mehr und mehr aussah, wie Hartz-IV. Trotzdem hatte ich einen Lichtblick in diesem ganzen Elend. Mein Buch verkaufte sich immer besser. Jeden Tag schaute ich mir im Computer die Verkaufszahlen an und war überwältigt. Sollte es wirklich so sein, dass bald alle meine Geldprobleme vorbei wären? Sollte ich wirklich bald sorgenfrei leben können? Ohne Angst zu haben, am nächsten Tag nichts zum Essen zu haben? Eines Nachts, kurz bevor ich losging, um die Mitteilungsblätter auszutragen, hatte ich mir wieder einmal die aktuellen Verkaufszahlen meines Buches im Computer angesehen und stellte erfreut fest, dass es unter den am allerbesten verkauften Büchern aufgeführt war. Während ich durch die dunkle, regnerische und kalte Nacht marschierte und die Zeitungen in die einzelnen Briefkästen verteilte, überfiel mich ein nie gekanntes Wohlgefühl. Plötzlich wusste ich, dass ich alles schaffen könnte. Auch dieser Umstand gab mir die Kraft, die letzten Monate als Hartz-IV-Bezieherin noch durchzuhalten. Aber der Verlag wird erst im kommenden Jahr mit mir abrechnen und mir mein Honorar auszahlen. Auch ein Grund von mir, vorher in Rente zu gehen, denn sonst würde die ARGE den größten Teil meines Verdienstes einbehalten. Das sah ich aber nach allem, was ich bisher durchgemacht hatte, nicht ein! Ich verband den Staat mit Frau Armmut, und Frau Armmut hatte es nicht verdient, dass sie den größten Teil des Verkauf Erlöses aus meinem Buch erhielt.

Will man es mir nach allem, was sie mir angetan hatte, verdenken?

So vergingen die Stunden und Tage. Ich vereinsamte noch mehr, ging immer seltener aus dem Haus, damit niemand sah, in welchem Zustand ich mich befand, denn es war nicht mehr zu verleugnen, dass ich langsam verwahrloste, meine Haut und meine Haare ließen erkennen, dass ich arm war, dass ich Hartz-IV war. Meine Fingernägel wurden spröde und rissig. Gut, dass ich schon lange keine eigenen Zähne mehr hatte, sonst hätte ich mich überhaupt nicht mehr aus meiner Wohnung hinaus wagen können, denn ich konnte mir nicht vorstellen, dass meine eigenen Zähne diesen Zustand lange ausgehalten hätten. Wie so viele Hartz-IV-Empfänger, die sich selbst dann noch ins Fernsehen setzten, wenn sie die Hälfte ihrer Zähne nicht mehr besaßen und mit großen Zahnlücken in die Kameras lächelten

Ich ertappte mich immer öfter dabei, wie ich mich laut mit mir selbst unterhielt. Es war einfach erschreckend.

Das Einzige, das mich jetzt noch daran hinderte, mich ganz aufzugeben, war der Umstand, dass ich nur noch einmal diesen Hartz-IV-Antrag stellen musste, und dann war es überstanden. Dann wäre ich endlich Rentnerin und dürfte wieder leben. Dürfte und könnte mich wieder pflegen und unter die Menschen gehen. Müsste mich nicht mehr verstecken.

Ein langjähriger Freund hatte mich überredet, eine Lesung an der Mosel zu halten. Nach kurzer Überlegung stimmte ich zu. Da meine erste Lesung ein solcher Erfolg gewesen war, spornte es mich an, noch mehr Menschen von meinem Buch zu überzeugen. Meine Mutter stammte von der Mosel, und so fühlte ich mich auch dort fast wie zu Hause. Auch die Zeitung, die in meiner Region so groß über mein Buch berichtet hatte, brachte nun im Moselgebiet erneut einen großen Artikel über mein Buch und über mein tragisches Schicksal. Was ich nicht wusste war, dass diese Zeitung auch in Bachmor, dem Heimatort meines geschiedenen Mannes, erschien. Eines Tages, als ich gerade auf dem Weg zur Bank war, hielt ein Auto neben mir.

„Bist du das, die das Buch geschrieben hat?"

Ein flüchtiger Bekannter hatte seine Scheibe am Auto herunter gelassen und die Frage gestellt.

„Ja, warum?"

„Ach, ich hatte da einen Anruf von einem Freund aus Bachmor, der wollte wissen, ob du das bist."

Und schon fuhr er davon.

Ein eisiger Schreck durchfuhr meinen Körper. Was hatte das zu bedeuten? Meine ältere Schwester hatte mich gewarnt, denn sie befürchtete gemeine Racheattacken meines geschiedenen Mannes, wenn er erfuhr, dass ich über seine Brutalitäten während unserer Ehe ein Buch geschrieben hatte. Und dann auch noch den Mut aufgebracht hatte, es zu veröffentlichen. Aber ich beruhigte mich schnell wieder. Was konnte er mir denn antun? Ich hatte in diesem Buch nichts erfunden und nichts hinzugefügt, im Gegenteil, ich hatte nämlich viele seiner Demütigungen, Gemeinheiten und Brutalitäten *nicht* niedergeschrieben.

Zu Weihnachten hatte mir die Freundin meines ältesten Sohnes Bilder gezeigt, die sie gemacht hatte. Eines dieser Bilder zeigte einen alten, weißhaarigen Mann, den ich nicht kannte.

„Wer ist das denn?"

wollte ich neugierig wissen.

„Das ist Hartmut, dein geschiedener Mann",

rief sie lachend.

„Erkennst du ihn nicht mehr?"

Nein, diesen alten Mann kannte ich nicht und seitdem ich wusste, wie alt und klapprig er in den letzten Jahren geworden war, hatte ich keine Angst mehr vor ihm. Außerdem war alles, aber auch wirklich alles, was ich niedergeschrieben hatte, wahr und entsprach den Tatsachen. Also, was sollte dieser alte Mann mir noch antun?

Einige Tage später erhielt ich dann von einem Cousin an der Mosel die Seite der Zeitung, in der sie über die anstehende Lesung meines Buches ausführlich berichteten. Dabei musste ich feststellen, dass dieser Bericht auch in Bachmor erschienen war, in dem Ort, in dem mein geschiedener Mann immer noch lebte. Dann bekam ich Anrufe von Freunden aus Bachmor, die berichteten, dass, seit dieser Artikel in der Zeitung erschienen war, sich mein geschiedener Mann nicht mehr vor die Haustüre wagte. Auch in diesem Ort wurde mein Buch ein Verkaufsrenner. Die Buchhandlung dort führte eine Warteliste, auf die sich die interessierten Menschen eintrugen, die mein Buch erwerben wollten.

Dann kam der Tag der Lesung, und mit gemischten Gefühlen fuhr ich an die Mosel. Würde mein geschiedener Mann dort erscheinen und einen Aufruhr veranstalten? Würde alles ruhig verlaufen, ohne dass es Ärger geben würde? Ich war sehr aufgeregt und hatte nun doch etwas Angst.

„Mach dir keine Sorgen"

hatte mein guter Bekannter beruhigt auf mich eingesprochen.

„Wir sind alle da und beschützen dich."

Ja, er und seine Lebensgefährtin und einige andere Frauen waren da, die ich nicht kannte. Immer mehr Frauen betraten den Raum und einer der Gäste rief laut aus:

„Hallo, Lisa, ich bin die .... Kennst du mich noch?"

Sie nahm mich in ihre Arme und drückte mich. Nein, diese Frau kannte ich überhaupt nicht.

„Ich habe doch nicht weit weg von dir in Bachmor gewohnt. Weißt du jetzt wer ich bin?"

Ja, nun fiel es mir wieder ein. Doch wie hätte ich sie erkennen können, denn aus dem Teenager von damals war eine junge, hübsche Frau geworden. Ich freute mich, sie wieder zusehen und begrüßte auch die anderen, die mit ihr gekommen waren. Fast alle waren sie Frauen aus Bachmor, die extra wegen meiner Lesung an die Mosel gekommen waren und die mir gratulierten. Die sich freuten, dass ich es meinem geschiedenen Mann endlich heimgezahlt hatte, dass er endlich für seine Taten zur Rechenschaft gezogen wurde, obwohl das, als ich das Buch schrieb, nicht der Grund gewesen war, weshalb ich es geschrieben hatte.

Es tat so gut, zu wissen, dass es viele Menschen in Bachmor gab, die ihm seine Lügen, die er über mich verbreitet hatte, nicht geglaubt hatten. Es erschreckte mich aber auch zu sehen, wie viele Menschen ihn nicht mochten, ihn sogar hassten.

Ich musste daran denken, dass mein Ex-Mann sogar den Briefträger dazu gebracht hatte, unsere Post immer nur samstags auszutragen. An dem Tag, an dem mein ehemaliger Mann zuhause war. Sein Kontrollwahn über mich war grenzenlos.

Eine große Erleichterung überfiel mich, als ich bemerkte, wie sehr die Menschen aus Bachmor ihn verachteten. Nun hatte er absolut keine Macht mehr über mich und es ist wunderbar, sich als freier Mensch fühlen zu können.

Nach meiner Lesung führte ich lange Gespräche mit den anwesenden Frauen.

„Gut, dass endlich einmal jemand über häusliche Gewalt geschrieben hat"

sagte eine der älteren Besucherinnen.

„Auch ich habe ein ähnliches Schicksal wie Sie erlebt. Ich finde, es war an der Zeit, dass mal wieder öffentlich darüber gesprochen wurde."

Dankbar schaute sie mich an, und ich drückte ihre ausgestreckte Hand. Sie sprach mir aus der Seele. Ihre Traurigkeit bestürzte mich, sie schien so ohne Freude, sie schien so unendlich hoffnungslos. Sie erinnerte mich daran, wie ich mich während meiner Ehe gefühlt hatte. Ich war damals genau so traurig und hoffnungslos wie sie. Am liebsten hätte ich diese Frau in die Arme genommen und getröstet, aber sie war ja eine Fremde, etwas hielt mich davon ab. Hätte ich es doch getan, vielleicht hätte es ihr geholfen. Diese Gedanken lassen mich seither nicht mehr los.

Auch die Gedanken an Hank ließen mir keine Ruhe. Bei seinen sporadischen Anrufen war es zwar wie immer, wir redeten und lachten miteinander, aber meine Gefühle für ihn hatten sich verändert. Außerdem hatte ich ein

Gefühl, eine Ahnung, dass etwas im Zusammenhang mit ihm auf mich zukam, etwas, das ich nicht in der Lage war, in meinem jetzigen Zustand zu überstehen. Was das war, wusste ich nicht, aber es beunruhigte mich mehr und mehr. Zudem verheimlichte ich ihm, wie schlecht es mir wirklich ging. Ich wollte nicht sein Mitleid, ich wollte seine Liebe. Aber die gab er mir nicht, und so nahm ich eines Abends alle Kraft zusammen und schrieb ihm am 7. Juni diese E-Mail:

> ‚Ich verstehe, dass ich in den letzten Jahren eine Last für dich gewesen sein muss. Jemand, der dich belästigt und verfolgt hat. Dafür schäme ich mich und möchte dir auf diesem Weg mitteilen, dass ich alles zwischen uns beende. Ich werde dich in Zukunft nicht mehr belästigen und dir keine Mails mehr schicken. Der Gedanke, dich nie mehr zu sehen, zerreißt mir *nicht* mehr mein Herz.
> Du hast gerade die Frau verloren, die dich mehr liebt als alles andere.
> Du hast gerade mich verloren,
> Lisa'

Hank wollte meine Entscheidung nicht sofort begreifen und vor allen Dingen nicht akzeptieren. Es gingen einige Mails hin und her und in seiner letzen Mail schrieb er: Lass uns doch Freunde bleiben.
Meine Antwort vom 10. Juni 2010 war deutlich;

> Hank, das ist das ganze Problem, ich kann dir nicht nur eine Freundin sein. Ich habe es so viele Jahre versucht und es geht nicht.
> Du bist viel zu realistisch und ich bin viel zu emotional und empfindsam.

Auf Wiedersehen, good bye
Lisa

Natürlich zerriss es mir mein Herz, natürlich weinte ich bittere Tränen danach, aber ganz tief in meinem Innern wusste ich, es musste sein. Ich hatte das tiefe Gefühl, dass ich mich aus unerklärlichen Gründen vor etwas schützen müsste. Dass etwas, das mich sehr verletzen würde und das ich nicht ertragen könnte, auf mich zukommen würde. Irgendwann einmal, so hoffte ich, werde ich an Hank denken können, ohne in Tränen auszubrechen und ohne mich nach ihm zu sehnen und ohne unbedingt seine Stimme hören zu wollen. Irgendwann einmal werde ich Ruhe finden. Aber so, wie ich diesen Mann liebte und noch liebe, wird es lange dauern bis ich meine Gefühle für ihn überwunden habe, wenn überhaupt.

Immer wieder hielten mich Menschen an, um mit mir über mein Buch zu sprechen und um mir ihr Mitgefühl zu zeigen. Es tut so gut, darüber zu sprechen. Der Satz:

,Wo gibt es noch einen Wald, in den man gehen kann, um seinen Schmerz hinaus zu schreien? Ich habe keinen gefunden und daher ist dieses Buch der Schrei, den ich ungehört in mir trage.'

den ich zu Beginn meines Buches gesetzt hatte, trug nun Früchte. Je mehr Menschen mit mir sprachen und mit mir mein tragisches Schicksal teilten, je mehr Bäume schienen zu wachsen und mein Wald nahm Konturen an. Jeder Mensch, der mein Schicksal mit mir teilte, war ein neuer Baum, der sich mit den anderen Bäumen langsam zu einem Wald formte, der immer größer wurde. Mein Schrei wurde gehört. Ich bin seitdem überwältigt und mir ist es so viel leichter. Die Last, die ich bisher getragen hatte, verlor an Gewicht. Der grausame Schmerz, der dort so viele Jahre in mir gewütet hatte, ließ langsam nach.

Ich wusste, ich hatte manches das mir widerfahren war nicht niedergeschrieben, aber eines Tages erreichte mich ein Anruf einer Bekannten, der mich bestürzte und mich wieder in die Vergangenheit zurück versetzte.

„Warum hast du nicht geschrieben, dass er dich aus einem fahrenden Auto werfen wollte, warum hast du das vergessen aufzuschreiben?"

Sie hatte recht, ich hatte es tatsächlich vergessen. Ich hatte es verdrängt, und nun, da sie es mir wieder ins Gedächtnis gerufen hatte, ließ es mich nicht mehr los. Es war gerade so, als ob es eben erst passiert wäre.

Hartmut, mein damaliger Ehemann und ich waren auf der Heimfahrt von Horsen nach Bachmor und hatten uns gestritten. Warum? Das weiß ich beim besten Willen nicht mehr. Auf alle Fälle war Hartmut rasend und tobte. Damals gab es noch keine Sitzgurte in den Autos. Plötzlich, während der Fahrt, beugte Hartmut sich herüber, griff über meine Beine nach der Beifahrertür, drückte sie auf und stieß mich hinaus.

„Raus mit dir, raus."

Ich werde seine vor Wut verzerrten Gesichtszüge, seine schrecklich hässliche Fratze niemals in meinem Leben vergessen.

„Mach, dass du rauskommst."

Verzweifelt hielt ich mich mit meiner rechten Hand an dem Innengriff der Autotür fest, während meine Beine noch im Auto waren und mein Rücken und mein linker Arm über den Asphalt der Straße geschleift wurden. Ich war in Todesangst und sah nur in die vor Wut verzerrte Fratze von Hartmut über mir.

Es kam eine Linkskurve, und plötzlich schien es, als ob er aufwachen würde und begreifen würde, was er da gerade machte. Erschrocken zerrte er an meinem selbstgestrickten grünen Pullover, den ich an diesem Tag das erste Mal trug und versuchte, mich während der Fahrt wieder in das Auto zu ziehen. Aber vergebens, ich wurde immer weiter mitgeschleift. Endlich brachte er das Auto zum Stehen. Ich lag nun auf der Straße und spürte einen brennenden Schmerz in meinem Rücken.

Ohne zu sprechen zerrte er mich zurück in das Auto und fuhr mit mir nach Hause. Dort stellte ich fest, dass mein handgestrickter Pullover, den ich erst am Tag zuvor fertiggestellt hatte, keinen Schaden genommen hatte, aber mein Rücken bestand nur noch aus rohem Fleisch. Ich wagte nicht, etwas zu sagen, denn ich hatte Angst, dass Hartmut wieder ausrasten würde. Es dauerte lange, bis ich diesen Schock und den Schmerz überwunden hatte. Und es dauerte lange, bis meine Haut auf dem Rücken heilte. Nach diesem Ereignis verging kaum ein Tag, an dem ich nicht aus Angst vor meinem geschiedenen Mann zitterte. Aus Angst zittern musste vor dem Mann, den ich liebte und der sich schon am Tag unserer Hochzeit als Despot und Tyrann zu erkennen gab.

Bis meine Bekannte mich wieder darauf ansprach, hatte ich es aus meinem Gedächtnis verbannt. Nur jedes Mal, wenn ich an dieser Kurve vorbeikam, musste ich daran denken. Gott sei Dank kam ich nicht oft dort vorbei.

Warum bin ich ihm nicht schon damals davon gelaufen? Ich hatte Angst. Angst vor dem, was er mit mir machen würde, falls er mich finden würde.

Oder das abstoßende und fast unglaubliche Erlebnis mit einem meiner ehemaligen Chefs, einige Jahre jünger als ich und unverheiratet, der uns beide in einen kleinen Raum einschloss und mich dort sexuell bedrängte. Der nachts wie ein läufiger Kater durch die Straßen fuhr und an meiner Haustüre klingelte bis meine Mutter, mit der ich seit dem plötzlichen Tode meines Vaters allein im Haus wohnte, wach wurde. Der sich vor meinen Augen entblößte, sich selbst befriedigte und anschließend seinen Erguss mit einem Papiertuch vom Boden aufwischte.

Zu dieser Zeit war ich mit einem anderen Mann liiert und als ich eines Morgens dessen Wohnung verließ, stellte ich fest, dass jemand in der Nacht die rechte Seite meines fabrikneuen Autos von vorne bis hinten zerkratzt hatte. Als ich zur Arbeit erschien, erzählte ich meinem Chef von den Kratzern an meinem Auto. Sofort lief her hinaus, um sich den Schaden anzusehen. Aber anstatt sich die rechte Seite des Autos, die direkt vor ihm war, anzusehen, lief er demonstrativ auf die andere Seite und rief immer wieder:

„Wo? Wo ist denn da was? Ich kann keine Kratzer sehen."

In dem Moment wusste ich, er war der Übeltäter. Jeder andere hätte sich zuerst die Seite angesehen, vor der er gerade stand. Beweisen konnte ich es natürlich nicht und so blieb ich auf dem Schaden sitzen.

All diese Ereignisse hatte ich verdrängt und nun waren sie wieder da, schienen sich mit Gewalt wieder einen festen Platz in meinen Erinnerungen zu erobern, ob ich wollte oder nicht.

Bei einem Treffen von ehemaligen Arbeitskollegen, die sich bei meiner Freundin Hannah trafen, wurde ich sofort auf mein Buch angesprochen.

„Ich habe es gelesen"

schallte es mir von allen Seiten entgegen.

„Gut, dass du es geschrieben hast. Weißt du, was Hartmut alles über dich erzählt?"

Nein, ich hatte keine Ahnung, aber es war mir auch egal. Sollte er doch erzählen, was er wollte, es interessierte mich nicht. Ich wusste, dass er große Angst vor dem Gerede der Leute hatte, und musste einen Grund angeben, warum ich ihn verlassen hatte. Bestimmt erzählte er ihnen nicht, dass ich vor seinen gemeinen Brutalitäten geflüchtet war.

„Warum hast du so lange damit gewartet? Warum hast du das Buch nicht schon vor Jahren geschrieben?"

Die ehemaligen Kollegen schauten mich fragend an.

Ja, warum, ich wusste es nicht. Ich hatte noch keine Kraft, aber wie sollte ich ihnen das erklären? Es war Hannahs Mutter, die mich eigentlich dazu ermuntert hatte. Nach dem Tod von Hannahs Vater lebte sie alleine in einem großen Haus ganz in meiner Nähe. Fast jeden Tag ging ich zur ihr, und bei einem dieser Besuche kamen wir darauf zu sprechen, dass ich schon einmal ein Buch geschrieben hatte, das Hartmut aber, bevor es veröffentlicht wurde, zerrissen hatte.

„Warum setzt du dich nicht hin und schreibst ein neues Buch? Eins über dein bisheriges Leben?"

forderte mich Hannahs Mutter auf.

„Du hast doch jetzt die schönste Zeit dafür."

Gesagt, getan. Kaum zu Hause angekommen, fing ich mit dem Schreiben an. Das Schlusskapitel hatte ich schon längst geschrieben, und auch der Titel stand schon lange fest. Durch Hannahs Mutter inspiriert, schrieb ich und schrieb und schrieb und hörte erst Monate später, als das Buch endgültig fertig war, wieder damit auf. Bei jedem Besuch berichtete ich Hannahs Mutter von den Fortschritten, die ich dabei machte. Sie war eine geduldige und aufmerksame Zuhörerin und spornte mich immer weiter an, nicht mit dem Schreiben aufzuhören. So entstand mein erstes Buch, das Buch über mein bisheriges, zumeist trauriges, tragisches und schicksalhaftes Leben.

Kapitel 13

Endlich war es Mai und wieder Zeit, den letzten Hartz-IV-Antrag auszufüllen. Nur noch für die Monate Juli und August. Nachdem dieser letzte Antrag von mir ausgefüllt war und ich ihn an die ARGE abgeschickt hatte, wartete ich auf den letzten Bescheid. Aber er kam nicht. Wieder befiel mich diese Angst, die Angst vor dem Unbekannten, vor dem, was Frau Armmut jetzt wieder ausgeheckt hatte.

Es ist mittlerweile der 28. Juni, mein Geburtstag, und der Bescheid war immer noch nicht da. Frau Armmut musste wohl noch einmal zeigen, dass sie das Sagen hatte und machen konnte, was sie am besten kann, nämlich die Ärmsten der Armen zu quälen. Was hatte diese Frau nur davon? Warum tat sie so etwas? Warum missbrauchte sie ihre Stellung? Nur, um uns, die Ärmsten der Armen zu quälen? Warum gebot ihr niemand Einhalt? Warum ließ man sie nur gewähren?

In meiner ohnmächtigen Verzweiflung, gepaart mit verzweifelter Wut, war ich daher gezwungen, mich wieder per E-Mail an den stellvertretenden Geschäftsführer der ARGE zu wenden:

„Sehr geehrter Herr ....,

es tut mir leid, dass ich mich schon wieder an Sie wende, aber heute ist der 28. Juni (und mein Geburtstag) und ich habe noch keinen Weiterbewilligungsbescheid erhalten.

Es hat sich in meiner persönlichen Situation nichts geändert, außer, dass mein Konto überzogen ist. Auch müsste ich den Antrag auf Befreiung von GEZ stellen, und die Zeit läuft davon. Die Angst, dass Frau .... mir das ALG-II Geld wieder vorenthält, sitzt tief in mir und ich bitte Sie, mir mitzuteilen, wo die Verzögerung dieses Mal liegt.

Ich habe das ALG-II Geld nur noch für die Monate Juli und August beantragt, da ich einen Rentenantrag ab September .... gestellt habe.

Noch einmal vielen Dank für Ihre Bemühungen. Es tut mir so leid, dass ich Sie damit belästigen muss
Ihre
Elisabeth Schmidt"

Es vergeht ein Tag und dann lese ich diese Antwortmail in meinem Computer:

Sehr geehrte Frau Schmidt,

nachträglich herzliche Glückwünsche zu Ihrem Geburtstag.

Ich kann Ihnen versichern, dass Ihre Sorge einer Verzögerung unbegründet ist. Der Bewilligungsbescheid für den Leistungszeitraum ab .... ist gestern auf den Postweg gegeben worden, die Auszahlung der Leistung ist veranlasst.

Mit freundlichen Grüßen

....................r

Stv. Geschäftsführer

Beruhigt konnte ich in der folgenden Nacht endlich wieder schlafen. Aber trotz der Zusage des stellvertretenden Geschäftsführers kam kein Bewilligungsbescheid mit der Post und es kam auch kein Geld auf mein Konto. Nicht nur, dass Frau Armmut mit uns, den Hartz-IV-Beziehern macht, was sie will, sie belügt auch frech und dreist ihre Vorgesetzten. Und keiner gebietet dieser Frau Einhalt. Ich kann es nicht begreifen. Was läuft hier falsch?

So sah ich mich leider zum wiederholten Male gezwungen, erneut eine Mail an den stellvertretenden Geschäftsführer zu senden:

„Sehr geehrter Herr ....,

vielen Dank für die Glückwünsche zu meinem Geburtstag. Es tut mir leid, dass ich Ihnen kein freudiges "vielen Dank" für Ihre Bemühungen um meinen Weiterbewilligungsbescheid schreiben kann, denn dieser ist bis heute nicht bei mir eingegangen. Wieder "nur ein Versehen" der Frau ....? Sie werden verstehen, dass ich, nach allem, was bisher geschehen ist, daran nicht glauben kann.

Ich lege Ihnen mein Buch "Huren küsst man nicht" ans Herz. Vielleicht lesen Sie es ja einmal, und dann werden Sie erkennen, was für ein schicksalhaftes und tragisches Leben ich bisher führen musste und dass dann solche

Schikanen, wie die von Frau .... mir gegenüber, kaum noch zu ertragen sind.

Übrigens, der Titel meines Buches bedeutet nicht, dass ich eine Hure bin. Es ist eine Aussage meines Ex-Schwiegervaters, auf der ich meine Geschichte aufgebaut habe. Eine Aussage des Mannes, der mich zweimal in der Ehe mit seinem Sohn zu vergewaltigen versuchte.

Ich erwäge ernsthaft, eine Dienstaufsichtsbeschwerde gegen Frau .... einzureichen.

Trotzdem vielen Dank für Ihre Bemühungen in meiner Angelegenheit
Ihre
Elisabeth Schmidt"

Aber als der Briefträger kam, war erneut kein Bescheid in der Post, und als ich zur Bank ging, musste ich feststellen, dass immer noch kein Geld auf mein Konto überwiesen worden war. Unnötig zu betonen, dass mein Konto nun hoffnungslos überzogen war. Ich dachte mit Schrecken an die teuren Überziehungszinsen, und in meiner totalen Verzweiflung schickte ich eine letzte, sehr emotionale Mail an den stellvertretenden Geschäftsführer der ARGE. Nicht, dass ich nach allem noch daran glaubte, dass er mir wirklich helfen konnte oder wollte, aber ich gab die Hoffnung noch nicht auf:

„Guten Morgen Herr ....,

ich habe kein Geld auf meinem Konto. Frau
.... hat mir ohne Angabe von Gründen
einfach mein mir zustehendes ALG-IV-Geld
vorenthalten.

Warum? Warum Herr ...., was ist geschehen? Auch der Weiterbewilligungsbescheid ist
noch nicht bei mir angekommen.

Wie Sie sehen, ist es ganz früh am Morgen.
Ich habe die ganze Nacht gearbeitet und bin
kurz vor einem kompletten Zusammenbruch.

Ich trage einmal in der Woche 410 Mitteilungsblätter um. Obwohl ich sehr krank bin
(COPD - unheilbar), muss ich diese Arbeit
nachts erledigen, da ich tagsüber ersticken
würde.

Aber dass kein Geld auf meinem Konto ist,
das kann ich nicht verstehen. Warum? Ich habe kaum noch etwas zu essen zu Hause. Warum? Was ist der Grund?

Aber jetzt reicht es. Wenn bis heute Mittag um
15.00 Uhr kein Scheck in meinem Briefkasten
liegt oder das Geld nicht auf meinem Konto ist,
werde ich die Presse benachrichtigen. Vorge-
spräche hatte ich schon einmal geführt, als
Frau .... mir das zweite Mal kein Geld
ausgezahlt hatte - wieder ohne Grund, so wie
dieses Mal. Außerdem werde ich zu einem
Rechtsanwalt gehen, noch heute.

Ich selbst kann nicht kommen, um mir einen Scheck abzuholen, ich habe kein Geld mehr und keinen Sprit. Außerdem ist es nicht meine Schuld, sondern die von Frau .... Ich hatte den Antrag fristgerecht und mit allen Unterlagen an sie geschickt. Straft sie mich, weil ich mich an Sie gewandt hatte oder was ist der Grund? Ich verstehe es nicht.

Leider kann ich nicht aufbleiben, bis ich Sie evtl. telefonisch erreichen kann, mein Körper macht nämlich gerade schlapp.

Sollte also das Geld heute, wie auch immer, nicht auf meinem Konto sein, werde ich Schritte unternehmen.

Ich hatte geglaubt, wenn ich mich an Sie wende, hätten die Schikanen dieser Frau endlich ein Ende. Aber genau das Gegenteil ist ja der Fall. Warum?
Elisabeth Schmidt

Ich hatte in der Nacht zuvor die Mitteilungsblätter ausgetragen und war nun nahe daran, zusammen zu brechen. Aber auch als ich im Bett lag, wollte sich der erlösende Schlaf nicht einstellen, die Angst um mein Überleben war zu groß. Schließlich fiel ich doch in einen unruhigen Schlaf, der aber nicht lange anhielt, denn selbst im Schlaf verfolgten mich meine Sorgen um mein Überleben, und ich ärgerte mich über mich selbst, dass ich nicht schon ab Juli die Rente beantragt hatte. Alt genug war ich ja, aber die Abzüge schienen mir einfach noch zu hoch.

Jetzt hatte ich schon seit fast drei Tagen überhaupt nichts mehr gegessen, sondern mich mit Wasser ernährt. Dementsprechend schwach war ich auf den Beinen, als ich am nächsten Morgen wie gerädert aufstand. Mit Mühe gelang es mir, meine Haare zu waschen und mich herzurichten. Auf der Bank stellte ich fest, dass das Geld von der ARGE eingetroffen war. Es war der 2. Juli, an dem das Geld endlich auf meinem Konto war, und es hätte am 30. Juni da sein müssen. Aber das war mir jetzt egal, die Hauptsache war, es war endlich da.

Wieder zuhause angekommen, setzte ich mich an meinen Computer und schrieb eine letzte Mail an den stellvertretenden Geschäftsführer der ARGE, obwohl er auf meine vorhergehende Mail nicht mehr geantwortet hatte. Schämte er sich vielleicht?

„Sehr geehrter Herr ....,

heute ist Freitag, der 02.07........ und der Weiterbewilligungsbescheid für die Monate Juli und August ist auch heute nicht per Post bei mir eingetroffen. Hatten Sie mir nicht am Dienstag, dem 29.06.2........ geschrieben, dass ich mir keine Sorgen machen sollte, dass der Bescheid am 28.06........ in die Post gegangen ist? Ich weiß nicht, wem ich bei der ARGE noch glauben und vertrauen soll?

Außerdem ist das ALG-II Geld endlich auf meinem Konto mit Wert: 02.07......... Welch ein Armutszeugnis, sollte der Wert doch 30.06......... sein.

Wer kommt für die mir entstandenen Kosten auf?

Ich wünsche Ihnen trotzdem ein schönes Wochenende

Elisabeth Schmidt

Auf diese Mail kam keine Antwort mehr. Gut, dass ich schon Ende Juni einen entsprechenden Brief an die GEZ geschrieben hatte, um meine Gebühren nicht zahlen zu müssen. Hätte ich bis jetzt damit gewartet, wäre der Bescheid zum Bezahlen der Gebühren bestimmt schon in der Post gewesen und ich hätte sie bezahlen müssen. Aber heute mahnten sie den fehlenden Bescheid der ARGE an, und so entschloss ich mich, nach dem Wochenende selbst bei der ARGE vorzusprechen, um den mir zustehenden Antrag abzuholen.
Eine Sache, die eigentlich Frau Armmut erledigen sollte, aber wieder einmal nicht dazu in der Lage war. Die Kosten des zusätzlichen Briefes an die GEZ und für das Benzin nach Hochdom, der ARGE-Residenz, blieben natürlich, wie immer, an mir hängen.

Dann, als ich am folgenden Morgen zur Bank ging, was das Geld endlich auf meinem Konto.

Ja, aber wer kam für die mir entstandenen Kosten auf, die Überziehungskosten meines Kontos? Natürlich ich. Die Mitarbeiterin der ARGE, Frau Armmut, hatte es doch nicht nötig, sich für Fehler zu entschuldigen oder wieder gut zu machen. Aber es ist mir egal. Die Hauptsache ist, dass das Geld überhaupt auf meinem Konto war. Doch der Bescheid kam nicht.

Nachmittags telefonierte ich mit einer Rechtsanwältin. Sie teilte mir mit, dass ich zum Amtsgericht nach Nimmers müsste, um mir einen entsprechenden Antrag zu holen, damit mir die Kosten für ihre Hilfe erstattet würden. Ich rief das Amtsgericht an und war schon erschrocken, über die unfreundliche Art, wie ein Herr sich dort meldete. Kurz teilte ich ihm mit, dass ich seit Tagen auf den Bescheid der ARGE wartete, der mir einfach nicht zugeschickt wurde.

„Steht Ihnen denn ein Bescheid überhaupt zu?"

fauchte er so wütend durch das Telefon, dass ich erschrak.

„Natürlich steht mir der Bescheid zu, das Geld ist ja schon bei mir eingetroffen, nur den Bescheid bekomme ich einfach nicht."

„Das gibt es ja gar nicht",

brüllte dieser Mann mir in mein Ohr.

„Ohne Bescheid können Sie niemals Hartz-IV-Geld ausbezahlt bekommen. Das wäre ja unrechtmäßig."

„Ich habe das Geld aber auf meinem Konto, nur der Bescheid fehlt."

„Das ist nicht rechtens, das kann ich nicht glauben. Außerdem ist es Ihnen als Hartz-IV-Bezieherin zuzumuten, den Bescheid selbst bei der ARGE abzuholen. Für so etwas bekommen Sie von mir keinen Antrag auf Rechtsbeihilfe."

Was bilden sich diese Mitarbeiter von Behörden eigentlich ein? Dachte keiner von ihnen einmal daran, dass Hartz-IV-Bezieher vielleicht durch Schikanen von Mitarbeitern so wenig Geld zur Verfügung haben, dass sie um ihr Überleben kämpfen müssen? Es ist mir zuzumuten, den Bescheid selbst abzuholen? Wie soll ich denn dort hinkommen?

Und nun haben die meisten Krankenversicherungen, darunter auch meine, auch noch beschlossen, ihren

Mitgliedern zukünftig acht Euro im Monat von ihrem Konto abzubuchen, um die steigenden Kosten etwas aufzufangen. Acht Euro mehr im Monat bedeutet für mich noch mehr hungern, noch mehr an meinem Essen sparen.

Aber wie sagte der Herr vom Amtsgericht in Nimmers?

„Es ist den Hartz-IV-Beziehern zuzumuten."

Denkt denn keiner dieser Beamten einmal nach? Hat keiner von ihnen eine Vorstellung wie es ist, als Hartz-IV-Bezieher leben zu müssen? Wer gibt ihnen das Recht, uns quasi wie Aussätzige zu behandeln und nicht wie Menschen? Es ist mir mit meinen kaum 200 Euro monatlich also zuzumuten, den Bescheid, den Frau Armmut längst hätte an mich übersenden müssen, selbst abzuholen? Für was wird Frau Armmut eigentlich bezahlt? Was ist ihre Arbeit, wenn wir Hartz-IV-Empfänger gezwungen sind, einen Teil dieser Arbeit selbst leisten zu müssen, da Frau Armmut ja augenscheinlich nicht dazu in der Lage ist? Und wenn es stimmt, was dieser Herr vom Amtsgericht gerade gesagt hatte, dass ohne Bescheid kein Hartz-IV-Geld ausbezahlt werden darf, dann hätte Frau Armmut ja das Gesetz gebrochen. Wenn sie schon so das Recht bricht, zu was ist sie dann noch fähig?

Ich brach zusammen und konnte nicht mehr aufhören zu weinen. Die Arroganz dieses Mannes machte mir fast noch mehr zu schaffen, als die Schikanen der Frau Armmut. Ich hatte keine Kraft mehr und legte mich ins Bett und fiel später in einen unruhigen Schlaf, der durch Albträume immer wieder unterbrochen wurde. Auch die Tabletten, die mir der Arzt gegen meine Depressionen verschrieben hatte, halfen nichts. Wie sollen meine

Depressionen auch besser werden, wenn solche Menschen, die dafür bezahlt werden, uns zu helfen und zu unterstützen, einem das Leben zur Hölle machen?
Und keiner bestrafte sie, denn sie mussten offensichtlich niemandem Rechenschaft über ihr Tun abgeben!

Am folgenden Montag fuhr ich nach Hochdom zur ARGE und ließ mir von der freundlichen Dame am Empfang eine Kopie des Bescheides ausdrucken. An der Tür von Frau Armmut prangten riesige rote Schilder mit Aufschriften. Ich glaubte zu erkennen, dass auf dem ersten Schild stand: „Eintritt verboten". Ich ging nicht näher an die Tür heran, um es genau zu sehen, aber ich konnte mir denken, dass sich hinter und vor dieser Tür schon Dramen abgespielt haben müssen.
Man muss es sich einmal vorstellen: Sie macht es mit einem Familienvater genauso wie mit mir. Zahlt ihm einfach ohne Angabe von Gründen nicht das ihm zustehende Hartz-IV-Geld aus, und er muss hilflos mit ansehen, wie seine Frau und seine Kinder hungern? Ich mag es mir nicht vorstellen, kann es aber nicht verhindern. Wer stoppt diese Frau? Wer hält sie auf? Wer verhindert Schlimmeres? Es würde mich nicht wundern, wenn ein Familienvater ausrastet.

Dann heißt es bestimmt wieder: Diese Hartz-IV-Empfänger.

Kapitel 14

Ich hatte schon vor über zehn Jahren einen kleinen Garten von der Gemeinde gepachtet, in dem ich Gemüse und ein wenig Obst anbaute. Der Pachtzins betrug zwölf Euro im Jahr. Der Pachtzins war niedrig und bisher kein Problem für mich, aber alle Gartenpächter mussten eine private Haftpflichtversicherung abgeschlossen haben. Die Kosten dafür aufzubringen war jetzt fast unmöglich geworden und ich wusste nicht, ob ich meinen Garten behalten konnte. Das wäre ganz schlimm für mich, und ich schob den Gedanken noch weit fort.

Doch die Arbeit fiel mir zunehmend schwerer, denn die Krankheit COPD, an der ich litt, diese furchtbare Krankheit, die einem die Luft zum Atmen nimmt und die unheilbar ist, machte mir das Hacken, Umspaten und Jäten des Unkrauts fast unmöglich. Auch das Mähen der Wiese, die sich um den Garten herum befand, schaffte ich kaum noch. Aber ich hielt mich an der frischen Luft auf, und das war für meine Gesundheit sehr wichtig.

Aber wie auch in den Jahren zuvor, erntete ich auch in diesem Jahr kaum etwas, da es Menschen gab, die einfach über den niedrigen Zaun, der meinen Garten umgab, kletterten und meine Ernte stahlen. Einfach so. Laut Kleingartengesetz durften die Zäune um unsere Gärten, ich war nicht die Einzige, die einen kleinen Garten in der Kolonie gepachtet hatte, nicht höher sein, als sie jetzt waren. Eine Kleinigkeit für jeden, dort rüber zu klettern und sich zu bedienen.

Es war Anfang Juli, als ich feststellen musste, dass ich von den acht Reihen Erbsen, die ich mühsam gesät hatte, nur eine einzige Mahlzeit erntete. Alle anderen

Erbsen hatten fleißige Diebeshände vor mir abgeerntet. Natürlich war ich fassungslos und brauchte eine ganze Weile, um mich von der Enttäuschung zu erholen. Die Polizei zu rufen war auch zwecklos, denn die hatten andere Aufgaben, als sich um meine Ernte zu kümmern. Es ist der 30. Juli 2010 und ich hatte es tatsächlich geschafft, noch etwas über einen Euro übrig zu haben, damit ich mir Gelierzucker kaufen konnte. Die schwarzen Johannisbeeren in meinem Garten waren reif, und ich aß doch so gerne schwarze Johannisbeer Marmelade. Doch als ich in meinem kleinen Garten ankam, musste ich mit Erschrecken feststellen, dass schon wieder jemand schneller gewesen war als ich. Alle drei Sträucher, die noch vor ein paar Tagen voll reifer Früchte hingen, waren sauber abgeerntet. Nicht eine einzige Beere hatten die Diebe für mich übrig gelassen.

Wer macht so etwas? Wer stiehlt einer armen Frau das Obst aus ihrem Garten? Vor lauter Verzweiflung heulte ich laut los. Nicht nur, dass die Regierung uns ausbeutet, nein, jetzt machten bestimmte Menschen es ihr nach. In was für einem Land leben wir? Konnte ich die Diebe verurteilen? Sie machten doch nur das, was ihnen die Regierung vorlebte. Die armen Menschen bestehlen, denn die können sich ja nicht wehren. Die haben kein Geld für einen teuren Rechtsanwalt, so wie die Reichen unseres Landes.

Nachdem ich den Diebstahl in meinem Garten festgestellt hatte, wollte ich nur noch nach Hause. Keiner sollte sehen, wie ich weinte. Vielleicht war der Dieb ja noch in der Nähe und ergötzt sich an meinem Elend. Zuhause angekommen, konnte ich nicht mehr aufhören und schluchzte so laut, dass mein Vermieter es hörte.

„Im Garten meiner Mutter sind noch jede Menge rote Johannisbeeren. Die pflückt niemand, und wenn du willst, darfst du sie gerne ernten."

Dankbar schaute ich ihn an. Und ob ich wollte! Und schon am nächsten Tag ging ich los und pflückte alle roten Johannisbeeren und kochte mir eine wunderbar schmeckende Johannisbeer Marmelade.

Mittlerweile war ich auch zu schwach, um die 410 Mitteilungsblätter auszutragen, und ich bat meinen Kollegen, der schon einmal 120 Blätter von mir übernommen hatte, mir noch einmal 105 Zeitungen abzunehmen. Ich schaffte es kaum noch, meine Tour nachts durchzustehen, denn die Schwächeanfälle verstärkten und häuften sich zunehmend. Gerne übernahm er weitere 105, und so blieben mir noch 305. Da ich jedoch wusste, dass ein Ende dieses Hartz-IV-Elendes für mich in Sicht war, kümmerte es mich nicht mehr so sehr, dass mein Konto auf der Bank nur noch im Minus war.

Ab September wird alles besser. Ab September darf ich wieder leben. Ab September werde ich wieder ein Mensch sein. Ich kann es kaum noch erwarten, und die Tage werden länger und länger. Sie ziehen sich endlos bis dahin. Ich werde auch noch nach September meine Mitteilungsblätter austragen. Das habe ich mir fest vorgenommen, denn dann kann ich mich wieder satt essen, und dann schaffe ich diese 305 Exemplare mit Leichtigkeit. Außerdem tut mir die Bewegung gut. Ich freute mich darauf.

Nun plötzlich war eine große Debatte über eine Bildungs-Chipkarte für Hartz-IV-Kinder im Gange. Wieso ist es nicht möglich, dass unsere Bundesregierung einsieht, dass Hartz-IV-Kinder eine besondere Betreuung benötigen und auch ein Recht dazu haben? Es sind die Kinder, die später einmal an der Macht sein werden. Warum sieht sich unsere Bundesregierung außerstande, diese Kinder zu fördern und zu unterstützen? Im Gegenteil! Da beschließt unsere Kanzlerin, die selbst keine Kinder hat, dass man ihnen das Wenige, das sie besitzen, auch noch kürzt.

Wieso steht niemand auf und sagt etwas? Wieso lassen wir es einfach geschehen? Wieso lassen wir diese Frau die Ärmsten der Armen bestehlen? Wieso ist sie nicht in der Lage, diesen Menschen Arbeit zu verschaffen?
Ich möchte am liebsten laut schreien und dieser Regierung zurufen:
„Tut endlich etwas Vernünftiges! Hört auf, Kinder, die die Schule geschmissen haben, auch noch mit Hartz-IV zu belohnen! Hört auf damit! Erzieht sie so, dass sie wissen, dass man nur mit Arbeit Recht auf Geld hat. Gebt ihnen eine Perspektive! Gebt ihnen Arbeit!"

Warum, bitte, geht das nicht?

Leider spiegelt unsere Regierung den gängigen Zeitgeist wieder, nämlich auf diejenigen, die schon ganz am Boden sind, noch einmal zu treten, vor allen Dingen unsere Kanzlerin. Lässt die Reichen in Ruhe und raubt die Ärmsten der Armen bis aufs Hemd aus. Ich bin der festen Meinung, dass es nur eine Frage der Zeit ist, bis sie ihnen auch das noch nimmt.
Selbst die Reichen äußern sich kritisch gegenüber dem Ansinnen der Kanzlerin, den Hartz-VI-Empfängern das Wenige, das sie bekommen, zu kürzen, um damit den Staatshaushalt zu sanieren. Äußerst unwohl äußerten viele reiche Menschen dies in Fernsehinterviews, und außerdem gaben viele Reiche ihr Unverständnis über das Tun der Kanzlerin öffentlich bekannt.

Aber unsere Kanzlerin sollte eins bedenken: Die nächsten Wahlen kommen bestimmt.

Wir sind das Volk!

Erst am 2. August hatte ich den Mut, um zur Bank zu gehen und zu schauen, ob mir Frau Armmut zum letzten Mal mein Hartz-IV-Geld überwiesen hatte oder ob sie sich für den letzten Monat noch eine Schikane hatte einfallen lassen. Gott sei Dank, das Geld war auf meinem Konto.

Nie in der ganzen Zeit hatte Frau Armmut ein Gespräch mit mir gesucht. Ich wusste trotzdem, wie sie aussah, denn als ich einmal bei der ARGE war, zeigte jemand mit den Fingern auf eine kleine, zierliche Person, die gerade ihr Kännchen Kaffee, oder war es vielleicht Tee, vor sich hertrug und in einem der Büros verschwand.
„Das ist sie, das ist sie."
Wie konnte in einer so kleinen Frau so viel Energie stecken? Energie, die sie dazu benutzte, andere Menschen zu quälen und zu demütigen. Eigentlich wusste man schon aus der vergangenen Weltgeschichte, dass kleine, unscheinbare Männer sich mit solchen Taten größer machten, als sie waren, aber dass kleine, unscheinbare Frauen genau so hinterhältig und gemein sein konnten, war mir neu und auf diese Erfahrung hätte ich liebend gerne verzichtet.

Es ist Donnerstag, der 26. August und die Mitteilungsblätter wurden um 00.25 geliefert. Die letzten Mitteilungsblätter, die ich vor Eintritt in meine Altersrente austragen musste. Sie waren schwer, denn sie beinhalteten drei verschiedene Werbeprospekte, die schon von der Druckerei in die Mitteilungsblätter eingelegt worden waren. Das bedeutete für mich, ich musste die Zeitungen nur noch in Tragetaschen füllen und dann konnte ich auch schon los.

Gegen 22.30 Uhr am Abend zuvor, hatte ich eine große Portion Nudeln gegessen und war guter Dinge, diese 305 Mitteilungsblätter problemlos austragen zu können. Aber dem war nicht so. Denn plötzlich, und wieder ohne jede Vorwarnung, überfiel mich ein Schwächeanfall. Dieses Mal war er so schwer, dass er mich sogar in meine Knie zwang. Glücklicherweise fiel ich auf die Tragetasche mit den Mitteilungsblättern, die dabei von meiner Schulter gerutscht war.

Es regnete leicht, und es dauerte ein paar Minuten, bis ich den Versuch wagte, wieder hoch auf meine Füße zu kommen. Genau neben einem niedrigen, hölzernen Gartenzaun hatte es mich umgehauen, und an ihm konnte ich mich aufstützen und langsam wieder aufstehen. Ich war erschrocken, denn so schlimm hatte es mich bisher noch nie erwischt. Gott sei Dank hatte ich nur noch ungefähr 80 Mitteilungsblätter übrig, die ich langsam und auch etwas ängstlich, weiter austrug.

Aus Angst, mich könnte wieder so ein Schwächeanfall befallen, fuhr ich nun mit dem Auto fast an jedes Haus, bis ich endlich fertig war und alle Mitteilungsblätter verteilt hatte. Nur kurz hatte mich der Gedanke an das teure Benzin, das ich auf diese Weise gerade verschleuderte, erschreckt. Aber ich hatte keine andere Wahl und so war der Verdienst in dieser Nacht auch gleich Null. Ich war froh, als ich endlich zu Hause ankam und mich in mein Bett legen konnte.

Am Nachmittag kam mein Cousin vorbei und bot mir an, die Wiese, die meinen kleinen Garten umgab, für mich zu mähen. Dankbar nahm ich sein Angebot an. Regen war vorausgesagt, und die Wiese musste unbedingt vorher noch gemäht werden. Ich hatte heute einfach keine Kraft dafür.

Freitag, 27. August. Ich war mit dem Auto zu meinem Garten gefahren, um zu sehen, ob ich ein paar Bohnen ernten könnte. Mein Körper verlangte nach Bohnen. Es waren tatsächlich genug da, um mir eine große Mahlzeit davon kochen zu können. Auch vier Tomaten waren fast reif und ich nahm sie lieber mit. Wer weiß, wer sonst noch auf die Idee kam, sie zu ernten? Kaum war ich damit fertig, überfiel mich wieder ein schwerer Schwächeanfall. Ich schaffte es bis zu meinem Auto und fuhr, nachdem ich mich etwas ausgeruht hatte, nach Hause zurück.
Ich war meinem Cousin unendlich dankbar dafür, dass er mir gestern meine Wiese gemäht hatte. Nicht auszudenken was passiert wäre, hätte ich es getan. Wenn ich schon nach so einer leichten Arbeit, wie Bohnen und Tomaten ernten, fast zusammen klappte. Am Abend brachte meine Freundin Hannah mir einen großen Teller mit Kartoffeln und Rotkohl. Sofort stellte ich ihn in die Mikrowelle, wärmte das Essen auf und aß es mit dem größten Appetit. Es schmeckte wunderbar.

Es gibt sie noch, die fürsorglichen Menschen. Die, die sich kümmern !

Langsam machten mir die immer häufiger auftretenden schweren Schwächeanfälle Sorgen. Am nächsten Mittwoch, dem 1. September, werde ich als aller erstes in eine Metzgerei gehen und mir ein großes, saftiges Stück Fleisch kaufen, um es zu braten. Hoffentlich spüre ich dann schon in der Nacht das Resultat, nämlich, dass ich die Kraft besitze, die Mitteilungsblätter ohne Schwächeanfall austragen zu können.

Samstag, 28. August. Noch vier Tage bis zum 1. September. Ich hatte mir die Bohnen, die ich gestern erntete, zusammen mit den Tomaten gekocht. Ein Rezept meiner verstorbenen Mutter, das für mich das beste Essen ist, das ich seit langem gegessen hatte. Außer natürlich dem Rotkohl und den Kartoffeln, die mir Hannah gestern gebracht hatte. Und wenn ich dazu noch ein oder zwei Scheiben trockenes Brot aß, lecker! Ich konnte trockenes Brot schon immer zu Allem essen.

Irgendwo hatte ich gelesen, dass Bohnen eine Art Fleischersatz darstellen. Es gab mir ein gutes Gefühl, denn ich wusste, dass ich meinem Körper in den letzten Jahren nicht viel Gutes hatte zukommen lassen. Nicht freiwillig, sondern weil Hartz-IV es so diktierte. Es war richtig kalt geworden, obwohl es erst August war. Ich fror und das war schon verwunderlich, denn ich fror selten. Vielleicht auch eine Art der Mangelerscheinung meines Körpers?

Ich ging an diesem Tag nicht mehr in meinen Garten, sondern ich strickte. Die katholische Frauengemeinschaft strickte für rumänische Waisenkinder und schon seit Jahren beteiligte ich mich, denn Handarbeiten machten mir Spaß, und wenn ich die kleinen Mützchen, Schals sowie Handschuhe sah, die meine Hände gestrickt hatten, erfüllte es mich mit Stolz und gab mir das Gefühl, doch noch für etwas gut zu sein.

In den letzten acht Monaten hatte ich zudem über zwanzig kleinere, mittlere und größere Deckchen gehäkelt. Letztes Jahr hatte ich einige der Tafel gespendet, die sie bei einem Basar verkauften. Anschließend bat mich die Leiterin der Tafel, noch weitere Deckchen zu häkeln, um sie bei späteren Basaren anbieten zu können. Ich tat es gerne, obwohl sich nichts an der Tatsache änderte, dass

188

ich selbst nach Hochdom fahren musste, um mir bei der Tafel Lebensmittel preiswert zu besorgen. Dafür reichte mein Benzin nicht, dass ich monatlich für das Austragen der Mitteilungsblätter für mein Auto benötigte, denn die Preise für Benzin waren inzwischen für mich in astronomische Höhen gestiegen, und ich war froh, dass es in jedem Monat gerade so für das Austragen der Zeitungen reichte. Extratouren waren absolut unmöglich. So häkelte ich für die Tafel, damit diese mit dem Verkauf dieser Deckchen etwas Geld verdiente, aber ich selbst konnte mir noch nicht einmal die Fahrt dorthin leisten, um mir preiswerte Lebensmittel abzuholen.

Hank hielt sich noch immer an meine Bitte, sich nicht bei mir zu melden. War es das wirklich was ich wollte? Ich war mir nicht sicher und sehnte mich danach, seine Stimme wieder zu hören. Sein Lachen, das ich so sehr an ihm liebte. Auch der Gedanke, ihn vielleicht nie mehr zu sehen, bereitete meinem Herzen noch große Schmerzen. Ich hoffte, dass die Sehnsucht nach ihm sich mit der Zeit legen würde und ich endlich zur Ruhe kommen könnte. Eines jedoch war mir klar geworden, ich würde ihn immer lieben. Ich wünschte mir, dass es endlich aufhören würde, so weh zu tun.

Mittlerweile waren es nur noch drei Tage bis zum 1. September und dann kann ich endlich sagen: „Gott sei Dank, ich habe diesen Hartz-IV-Irrsinn überlebt, aber auch nur, weil ich mich in die Rente retten konnte!" Endlich! Es ist soweit. Als ich heute Morgen aufwachte, wurde mir klar, ich hatte es überstanden. Heute ist der 1. September. Nie mehr würde mir Frau Armmut mein Geld vorenthalten. Nie mehr wird sie mich schikanieren. Nie mehr wird sie doppelt, dreifach und vierfach immer wieder die gleichen Unterlagen von mir verlangen. Nie mehr werde ich von ihr hören müssen!

Ich frage mich immer wieder: Sind nicht alleine die Hartz-IV-Gesetze schon reine Schikane und menschenverachtend? Da muss sie sich doch nicht noch schlimmer verhalten, als die Gesetze es verlangen! Ist sie sich eigentlich bewusst, dass sie durch ihr Verhalten Menschen krank macht, indem sie sie wissentlich hungern lässt?

Was hat sie davon? Macht es ihr Freude, andere Menschen zu quälen? Was treibt eine solche Frau an? Sieht sie nicht das Leid der Menschen oder ergötzt sie sich etwa daran? Warum ist niemand in der Lage, diese Frau Armmut zu bremsen, sie in ihre Schranken zu weisen?

Es kann doch nicht sein, dass eine Mitarbeiterin einer staatlichen Behörde, die eigentlich dazu da ist und auch dafür bezahlt wird, anderen Menschen zu helfen und sie zu unterstützen, sie stattdessen terrorisiert und tyrannisiert! Die ihre sadistischen Neigungen an den Ärmsten der Armen auslässt!

Warum gebietet ihr niemand Einhalt? Warum fühlt sich niemand angesprochen? Warum fühlt sich niemand auf dieser Behörde zuständig dafür? Warum kann sie augenscheinlich einfach machen, was sie will?

Da ich fast mein ganzes Leben lang gearbeitet und viele Jahre für eine Zusatzrente eingezahlt hatte, wird es mir ab heute gut gehen. Zwar wird mir monatlich ein bestimmter Prozentsatz von meiner Rente abgezogen, da ich erst 63 Jahre alt bin, aber das macht nichts. Doch ich überlege mir wirklich ernsthaft, ob ich Frau Armmut zivilrechtlich verklagen sollte, denn nur durch ihre Schikanen war ich gezwungen, mich in die Frührente zu retten, um nicht zu verhungern. Nur wegen ihr muss ich

für den Rest meines Lebens mit sehr viel weniger Rente auskommen.
Aber noch bin ich zu schwach, muss erst neue Kräfte sammeln.

Und nie mehr muss ich von nun an hungern!

Und dass mein ehemaliger Mann Hartmut damals bei der Scheidung unser ganzes gespartes Geld nach Luxemburg auf eine Bank transferierte und ich so keinen Pfennig von dem Erspartem, bei dem ich durch meine Arbeit den größten Betrag dazu gesteuert hatte, nach der Scheidung bekommen hatte, ist mir auch egal. Dreist hatte Hartmut den Richter angelogen und behauptet, ich würde fantasieren. Hätte der Richter meine beiden Kinder gefragt, so hätten sie ihm bestimmt genauso geantwortet, wie sie es mir später, als sie schon größer waren, einmal erzählten:
„Der Papa hat das ganze Geld von der Bank in Bachmor nach Luxemburg gebracht, damit die Mama nix davon bekommt."

Schon am Tag meiner Eheschließung musste ich feststellen, dass ich einen Despoten geheiratet hatte, der jedes Mal ausrastete und mich verprügelte, wenn etwas nicht nach seinen Wünschen verlief. 16 lange Jahre hielt ich es aus, doch dann, nachdem er das Manuskript meines ersten Buches zerrissen und in die Mülltonne geworfen hatte, konnte ich nicht mehr und verließ ihn. Das allein wäre kein Grund gewesen, ihn zu verlassen, aber es war genau der Tropfen, der das Fass letztendlich zum Überlaufen gebracht hatte.

Und so einem Mann vertraute dieser Richter bei meiner Scheidung meine Kinder an!

Alles was ich jetzt habe, ist ehrlich verdient und ich freue mich darauf, endlich wieder leben zu dürfen. Mit der Rente, die ich jetzt monatlich bekomme, werde ich in Zukunft wunderbar zurechtkommen. Außerdem brauche ich keine Angst mehr zu haben, dass sie unregelmäßig überwiesen wird, so wie Frau Armmut das anscheinend mit größtem Vergnügen bei mir machte.

Außerdem bekomme ich bald jeden Monat noch einen Betrag aus der Zusatzrente, in die ich so viele Jahre einbezahlt hatte.

Was will ich mehr?

Noch kann ich es nicht so ganz glauben, und ich weiß, es wird noch einige Zeit dauern, bis ich diesen Hartz-IV-Schock und die Ereignisse, die damit verbunden waren, überwunden habe.

Mit Schrecken dachte ich daran, was möglicherweise aus mir geworden wäre, hätte ich mich nicht in die Rente retten können. Ich will mir gar nicht ausdenken, was mit mir passiert wäre.

Samstag, 1. Januar 2011. Obwohl ich ihn am 10. Juni gebeten hatte, mich nicht mehr anzurufen und mir auch nicht mehr zu schreiben, hat Hank angerufen. Er sagte, dass er wollte, dass ich weiß, dass er an mich denkt. Ich liebe ihn noch immer und es hat gut getan, seine Stimme zu hören.

Sonntag, 10. April 2011. Ich habe in dieser Nacht so intensiv von Hank geträumt, dass es am Morgen einige Zeit dauerte, bis ich begriff, dass es nur ein Traum war. Obwohl ich ihn gebeten hatte es nicht zu tun, hat Hank nachmittags angerufen. Er sagte, dass er wollte, dass ich weiß, dass er einen kleinen Sohn bekommen hat und dass er geheiratet hat. Mit 64 Jahren hat sich sein größter Traum erfüllt, er ist zum ersten Mal Vater geworden.

Nicht nur in Japan bebt die Erde, dieser Tag war mein schlimmstes persönliches Erdbeben. Warum nur hatte ich ihn gebeten, sich nicht mehr bei mir zu melden? Spürte ich schon damals, dass er dabei war, einen Sohn zu zeugen und dass ich die Folgen seines Handelns nicht ertragen könnte, und es daher lieber nicht wissen wollte? Wollte ich mich schon im Juni davor schützen?

Warum dreht die Welt sich weiter, als ob nichts geschehen wäre, warum? Warum gibt es nichts gegen diesen ungeheuren Schmerz in mir? Warum nur tut es so furchtbar weh?

Nachwort

Während ich diese Zeilen schreibe, diskutieren hoch dotierte Politiker über eine Erhöhung der Hartz-IV-Bezüge. Soll man den Beziehern fünf oder gar acht Euro mehr Geld zur Verfügung stellen? Und dann gibt es auch noch die Politiker, die dafür plädieren, den Hartz-IV-Satz zu kürzen. Wenn ich die endlosen Debatten über diese Frage im Fernsehen verfolge, sträuben sich meine Nackenhaare. Kann es wirklich wahr sein, dass unsere Politiker so abgehoben sind, dass sie die Realität nicht mehr begreifen oder begreifen wollen?

Da musste es erst so weit kommen, dass das Verfassungsgericht der Bundesrepublik Deutschland dem Hochmut der Politiker einen Dämpfer verpasste und sie aufforderte, den Hartz-IV-Satz neu zu berechnen und zu belegen.

Seit Monaten nun diskutieren Politiker über diese Frage und kommen zu keinem Ergebnis. Es geht längst nicht mehr um die armen Menschen und es geht auch längst nicht mehr um die Frage entweder fünf oder acht Euro mehr im Monat. Nein, es geht einzig und allein darum, welche der politischen Parteien sich durchsetzen kann.

Hochdotierte Politiker, die nicht um das Recht der armen Menschen kämpfen, sondern nur um die eigene Macht. Die sich für die Wahl, die in diesem Jahr stattfindet, profilieren wollen und sich nicht wirklich für die Belange, Sorgen und Nöten der vielen Hartz-IV-Empfänger interessieren und die die ohnmächtige und absolute Perspektivlosigkeit dieser Ärmsten der Armen noch schüren.

Diese sich endlos hinziehenden Verhandlungen sind ein Artmutszeugnis unserer hoch bezahlten Politiker, die unsere Regierung darstellen.

Ich schäme mich für diese Politiker!

Es geht auch schon lange nicht mehr um die Sache selbst, sondern nur darum, wer von den politischen Parteien sich am besten durchsetzen kann und so die Überhand gewinnt. Ging es den Politikern eigentlich je um die Sache? Geht es ihnen nicht wirklich nur darum, sich selbst zu profilieren, im nächsten Wahlkampf gut da zu stehen? Bestimmt klopfen sich alle, wenn sie dann endlich zu einem Ergebnis gekommen sind, auf die Schulter und versichern sich gegenseitig, was sie Großartiges vollbracht haben.

Die Kanzlerin sagt:
„Die Steuergelder der hart arbeitenden Bevölkerung sind nicht dazu da, verschenkt zu werden."

Ich stimme mit ihr überein, dass man die Steuergelder nicht verschleudern soll, vor allen Dingen nicht an Menschen, die zu faul sind zu arbeiten. Aber die Menschen, die vergeblich nach Arbeit suchen, die müssen unterstützt werden und für die ist es eine Qual mit ansehen zu müssen, wie Politiker noch nicht einmal in der Lage sind, sich über einen kleinen Betrag von drei Euro mehr oder weniger zu einigen.

Im Endeffekt gibt es in dieser Sache nur Verlierer. Zum Einen die Hartz-IV-Bezieher, die die immer höher steigenden Lebenskosten fast nicht mehr bezahlen können, da sich die Damen und Herren Politiker auch nach Monaten von nichts bringenden Verhandlungen auf keinen

Betrag einigen können und zum Anderen die Politiker, die durch so ein merkwürdiges und unverständliches Verhalten an Achtung und an Glaubwürdigkeit verlieren.

Einfach unglaublich !

Wo bleibt die Glaubwürdigkeit in die Politik und in die Politiker? Gibt es sie überhaupt noch? Der Verlust an Vertrauen in die Politiker hat schon längst stattgefunden. Nur sie selbst, die da oben, sind mittlerweile so weit abgehoben, dass sie nichts mehr davon mitbekommen.

Aber wer hoch steigt, fällt tief!

Mein Appell an die Bundesregierung:

Gebt den Menschen endlich Arbeit und nicht Hartz-IV!

Gebt diesen Menschen endlich ihre Würde zurück!